二十一世纪出版社集团
21st Century Publishing Group

彼特·赫尔特林（Peter Härtling, 1933—2017）出生于德国茜姆尼兹。编辑和出版家，小说家、抒情诗人和杂文家。获得过德国图书奖。他的《本爱安娜》等儿童文学作品，在2001年被授予法兰克福德意志青少年文学特别奖。

[德] 彼特·赫尔特林 著

本爱安娜

[德] 爱娃·莫根塔勒 插画

程 玮 译

这不能算是前言。只是想解释一下，我为什么要写本亚明和安娜的故事。有时候，大人对孩子说："你们根本不明白爱情是什么。只有等长大以后，你们才会明白。"也许，大人自己也忘了。也许，他们不愿意跟你们谈论这个问题。也许，是他们自己很蠢。

　　我一直清楚地记得，我七岁的时候第一次经历爱的感觉。那个女孩叫乌拉。她不是这本书里的安娜。但每当我写到安娜的时候，我总会想起乌拉。

　　本曾经有一段时间爱上了安娜。安娜也曾经爱过本。

彼特·赫尔特林

Peter Härtling

本的问题

"不要老挖鼻孔,你这个小印第安人!"妈妈又唠叨了。每当本挖鼻孔时,妈妈总是这样说。本每次都想,他还从来没有读到过印第安人爱挖鼻孔的故事。妈妈对印第安人的想象根本就是错的。说实在的,每当本认真思考一个问题时,就需要鼻子帮点儿忙。妈妈其实也知道。可现在,她把他的思路完全打乱了。

"我都忘了我刚才在想什么了。"本生气地说。

"那肯定不是什么了不起的事情。"妈妈说,"再说,一个快十岁的人,不能再挖鼻孔了。"

"我认识五十岁的人,也还这么做呢。"

"别胡说了!"

"格哈德伯伯就是这样!"

妈妈转过脸去。本知道，她在偷着笑。不过，她马上又装出一副严厉的样子来。想装严厉并不容易，这不，她一下子把桌上的调味盐罐弄翻了。

"你可不许乱说。"妈妈说。

"我说的都是真的，格丽特。"本回答说。他和霍尔格不管妈妈叫妈妈，而是直接叫她的名字。爸爸叫她格丽特尔，更加亲热一点儿的意思。

"你就爱顶嘴！"妈妈说。

本摇摇头，接着说："有一回你对爸爸说，格哈德伯伯的行为有时候活像一头小猪。天底下怎么会有这么老的小猪呢？"

妈妈一时没话说了。她叹了口气，把餐桌上的东西收拾掉，又换了一种语调和本说话。当她认真起来的时候，总是用这种语调说话。

"别磨蹭了，快做家庭作业！待会儿霍尔格回来了，让他检查你的作业。"

霍尔格是本的哥哥，十三岁。在学校里他是

一个优等生，而且学得轻轻松松，毫不费劲。本比他差好远。妈妈总以为本只是比较懒，其实不是的。有时候尽管本非常用功，家庭作业还是会出差错。

妈妈的动作突然加快了，因为她得赶到文策尔博士的门诊部去上班。她是医生助理，每天下午上半天班。"快做作业吧！"她又喊了一声，已经跑出了门。

本没有马上做作业。他先是两眼直勾勾地望着天空，发了一会儿呆。然后他走进房间，拿出一本画着许多插图的动物书，翻了几页。接着他又喂起了他的宠物——一只母天竺鼠，名叫"特鲁迪"。最后，他坐到桌子旁，终于把数学书和练习本拿了出来。他打开书本，然后把钢笔端端正正地排列在铅笔和纠错笔的旁边。接下来又打了一会儿盹。然后他脱下鞋，把它们踢到厨房的柜子底下，接着又挖起鼻孔来。等做完这一切，他终于开始做数学题了。

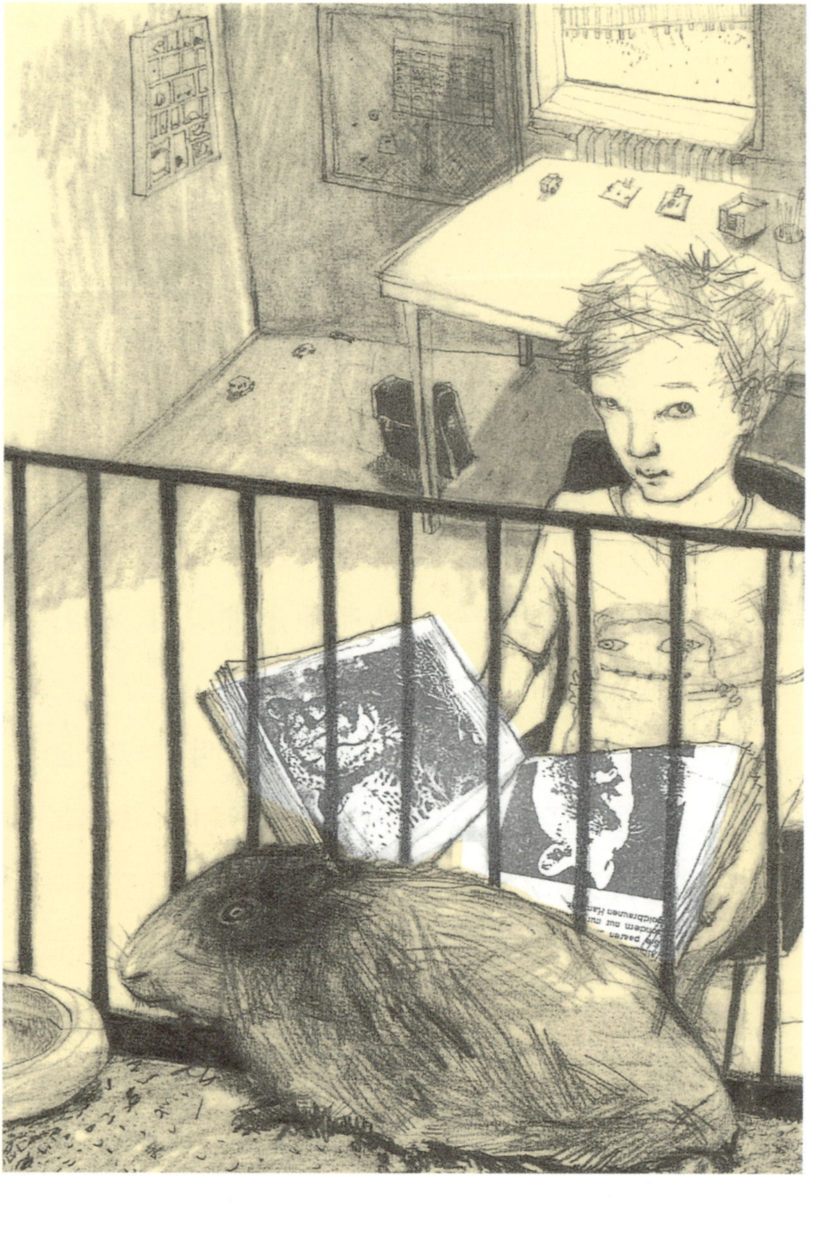

他觉得今天的作业比平时更难,也许是因为他根本不能集中注意力。

他没法解答题目,因为他总是在想着安娜。

其实他根本就不愿意老想着安娜,他恨不得马上开始做数学题,把乱七八糟的事甩得远远的。

当霍尔格放学回家的时候,本连第一道题都没做完。霍尔格人很好,很愿意帮助本。不过,磨蹭到这时候,本自己也已经弄明白这道题该怎么做了。其实题目根本不难,只是因为安娜和数学题在本的脑子里紧紧地纠缠成一团,这才做不出来。

做完作业以后,本低声问:"喂,霍尔格,你倒是说说,爱上一个人以后,会怎么样?"

霍尔格正想回自己的房间。他停住脚,转过身,做出一副很吃惊的样子,停顿了一小会儿才说:"是你在问吗,小矮人?"

每当霍尔格想显摆他年龄优势的时候,就把弟弟称作"小矮人"。

本咬紧了双唇。

霍尔格知道自己犯了一个错误。他把一只手轻轻地放到本的肩膀上。

"开个小玩笑。"他问,"真的爱上了吗?"

本点点头。他不想再说什么了,霍尔格会嘲笑他的。

"我认识她吗?"霍尔格问。

"不!"本差不多大声叫起来。

"是这样的,"霍尔格说,"如果一个人爱上了一个女孩,就会老是想着她。打个比方,就好像害肚子痛似的,真的。"

霍尔格说得一点儿也没错。本感觉到,自己的肚子和胸口那里老是绷得紧紧的,有时确实像他说的那样,隐隐作痛。不过这也许是一种想象。

本猛地把椅子向后一拉,撞到了霍尔格的膝盖。"哇!"霍尔格大叫起来,"你疯了!刚才差点儿哭出来,现在又这样对待我!"

"让我安静会儿!"本说。他急急忙忙地收拾起桌上的书本和文具,一把扯过书包,躲进了自己的房间里。他把音响开得大大的，使劲忍着不哭出来。

　　其实，他真想再去找霍尔格聊聊。可是刚才那样争吵过以后，有点儿不好意思了。他把天竺鼠特鲁迪从小木箱里抱出来，轻轻地抚摸着它。每当特鲁迪感到特别开心的时候，就会开始吹口哨。这会儿，它就吹起了口哨。

安　娜

　　安娜是在四年级开学的时候来到班上的。那是一个早晨，班主任西普曼先生把她带进教室。西普曼先生对全班同学说："这是你们的新同学，她叫安娜·米切克，大家对她要热情些！她来德国才半年。以前，她和她的父母生活在波兰。"

　　安娜看起来有点儿怪模怪样的。

　　她没有穿牛仔裤，穿着一条长得过分的老式的连衣裙。她只梳一条辫子，那辫子也长得太过分了。她瘦瘦的，很苍白，还不时吸着鼻子。

　　本觉得安娜好丑。

　　有些同学已经轻轻地笑起来。

　　"请注意礼貌！"西普曼先生提醒说。他安排安娜与卡佳同桌。卡佳马上往外挪了挪，离安娜远一些。

安娜假装没在意。

本马上感到,安娜跟整个班级根本就是格格不入。他再一次打量安娜。正在这时,安娜抬起头来,也打量着本。本的心里微微地抽紧了。安娜有一双很大的褐色的眼睛,眼睛里有一种说不出的悲伤。这样的眼睛,本还从来没有见过。他也不明白,他怎么会觉得,这双眼睛里含着悲伤。他想,一个人不应该有这样的眼睛。它们会让人在心里发抖。那堂课上,他再也没朝那个方向看一眼。

接下来的几天里,全班没有一个人理睬安娜。西普曼先生提醒大家不要太没有礼貌了。本想,安娜哪怕就哭几声吧,也许别人会同情她。可是她不。卡佳说安娜很恶心。"她身上发出臭味。"卡佳对同学们说,"她连拼写都不会,都十岁了,还不会写字呢。"

贝伦哈德在一旁说:"也许她会写波兰语。"

"她是个地道的波兰人,根本就不是德国人。"卡佳说。

"也许她实在没法在波兰待下去了。"贝伦哈德说。

"可能就是因为身上老发臭。"卡佳说。

本觉得卡佳太过分了。他一把抓住卡佳的胳膊,说:"闭嘴!你才臭呢!"

卡佳挣脱他的手,大声尖叫起来,叫得全班都能听见:"他向着安娜!本爱上了安娜!"

本扑上去,一只手捂住卡佳的嘴巴。卡佳的脸憋得通红,挣扎着扭来扭去。"放手!"蕾吉娜高叫,"当心,她喘不过气来了!"

同学们没有发现,西普曼先生已经站在门口看了好一阵子了。

"放开卡佳,本!"西普曼先生很生气,这从他的表情上可以看出来。他命令所有同学回到自己的座位上。

教室里立刻安静下来了,一丁点儿声音都没有。大家只听到安娜的抽泣声。她想忍住不哭,可又无法做到。眼泪从她脸上慢慢地淌下来。她不时擦擦

18

眼泪，又吸吸鼻子。

西普曼先生走到安娜的课桌旁，对卡佳说，让蕾吉娜和她调一下位置。然后他又对蕾吉娜说："也许，你能帮助安娜。"然后他开始对全班讲话。他的话是从牙齿缝里挤出来的，他一定在克制着自己不发火。

"你们当中的每一个人都有可能移居到另一个城市，到另一所学校上学。你们每个人都会在开始的时候感到陌生。安娜的情况更糟。她是在另一个国家，在波兰长大的。她在那里上的学。在学校里，只讲波兰语。在家里，讲德语和波兰语。她的父母虽在波兰生活，但他们是德国人。他们提出申请，移居联邦德国。现在他们来了，他们终于回到自己家了。安娜也是这样，可是你们却总是跟她过不去。"

本偷偷地看了一眼安娜。她低着脑袋，不知道她有没有听清楚西普曼先生的话。

下课以后，贝伦哈德问同学们，可以为安娜做些什么。卡佳却说，什么也用不着。以后的几天里，他们还是孤立安娜，甚至连蕾吉娜都不想帮助她了。"她傻乎乎的，"蕾吉娜说，"她不愿意跟我说话。我可以实话对你们说，她真的笨死了噢。"

这时候，有件事情发生了。起因是一个旧网球。有人在校园里捡到了这个球。本、贝伦哈德、杰恩斯一边跑，一边把网球互相丢来丢去。安娜正站在校园围墙边的一棵栗子树下，孤零零一个人。她站在那里活像一个惊叹号，好像在谴责所有的人。本觉得这样太不好了。

"傻女孩！"他想，"其实我们想跟她接近，可她偏不明白！"他接过网球，扔了出去，网球准准地打在安娜的额头上。只听到啪的一声，安娜发出一声短促的尖叫。"现在，她马上就要哭了。"本想。他等着。

大家停止了游戏，站在那里，一起看着安娜。安娜还是一声不响，只是揉着自己的额头，然后很慢很慢地转过身去，面对围墙。

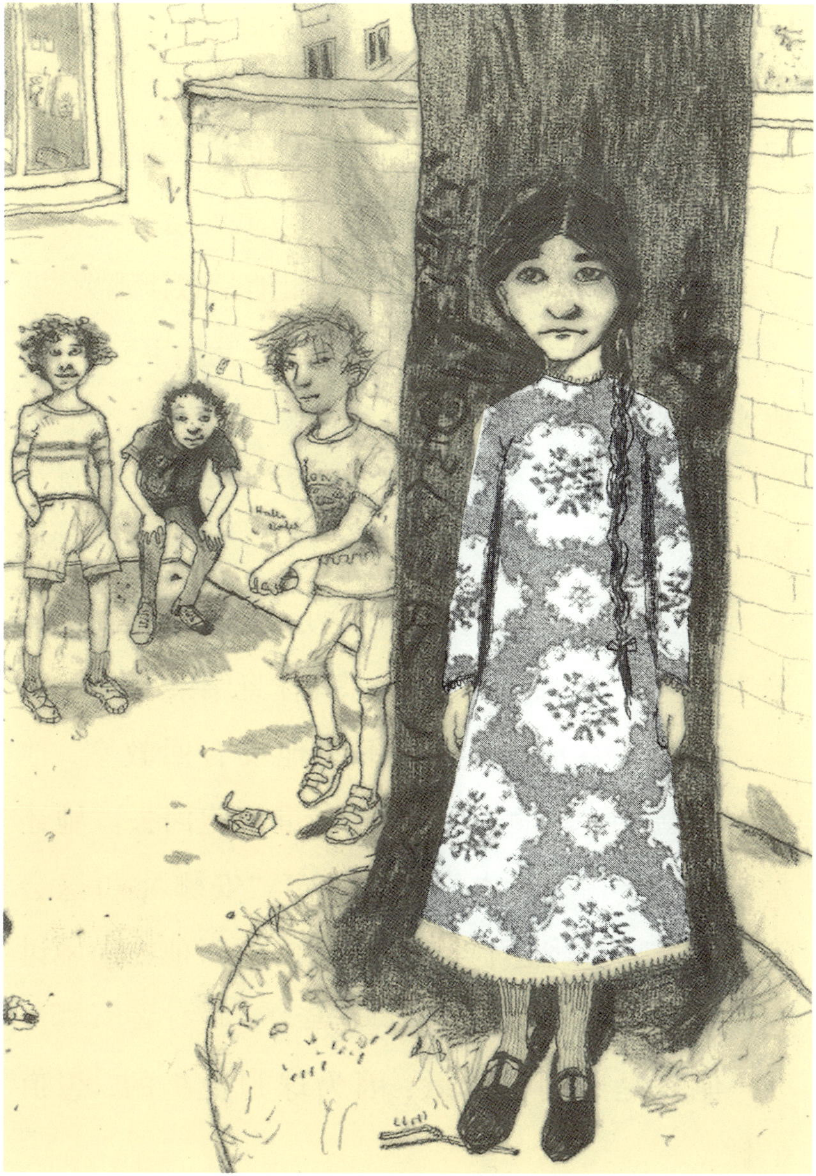

"太过分了！"蕾吉娜在一旁说道。

本突然对自己非常恼火。"真是笨死了！"他骂起来。他这是在骂自己，可别人听起来就像在骂安娜。

事实是：他故意用球砸安娜，他是想让她哭。

"那是她活该！"贝伦哈德在一旁又拍手又喊叫，就像在剧院或马戏团看戏一样。

本对他说道："你最好给我滚一边去，你这臭狗屎！"

"现在你又害怕起来了，这是怎么了？"贝伦哈德边说边和同伴们跑开了。课间休息结束了。

本慢吞吞地走在最后面，他没有回教室，他想等安娜过来。可她没来。本重新跑回去。她还是站在栗子树下。本真想喊一声"安娜"，可这会不会过分呢？她会不会产生错觉，觉得他在向她讨好卖乖呢？

他只是感到很抱歉，因为球是他扔的，想道个歉。

"安娜！"他声音很响，她肯定已经听见。可她背对着他站在那里，还是一动也不动。本想："如果她不想理睬我，那就算了。"

可是她转过身来望着本。她的脸上满是肮脏的、一道道的泪痕。那是手在脸上抹出来的。那双大眼睛看上去比平时还要忧伤。天哪，这样的眼睛！她向本走近几步，两手交叉放在胸前，就好像马上要祈祷似的。

本说："对不起了！"

安娜说："也没什么大不了！"

"可是你哭了。"

"因为大家都不喜欢我。"

"可我喜欢你！"本突然冒出一句。他本不想这样说的呀！"哎呀！"他又叫了一声。

"你怎么了？"安娜问。

"没什么！臭狗屎！"

"可是你刚才说……"

本双手捂住耳朵，不断地发出像汽笛一样长长的叫声。他看到安娜在说话，却听不见她在说什么。幸好听不见。他已经有点儿昏头昏脑了，他抢在安娜的前面，掉头就跑。

结果两人都迟到了。西普曼先生没有像平时那样发火，只是用审视的目光看了看他们。"好吧！现在我们可以做听写练习了！"西普曼先生说。

贝伦哈德长长地叹了一口气。

"谁对此有异议吗？"西普曼先生问。

全班同学齐刷刷地摇了摇头。

"这次听写我完了。"本想，"肯定的。"

西普曼先生的声音突然响起来："本亚明·科伯尔同学，你睡着了，还是醒着？"

本亚明只得努力让自己打起精神来。

为什么贝伦哈德的屁股会哭

第二天，本突然觉得整个世界变了样。一想到要上学，他心里充满了快乐。当然这种快乐不是因为去学校，而是因为在学校可以见到安娜。他连起床都比平常早了好几分钟。不过起床以后，本碰到了一连串不顺心的事。

妈妈没有把茶煮好，喝起来一股怪味。霍尔格在嘟囔，因为爸爸不能像平时那样顺路带他去上学。爸爸今天得出差，所以爸爸也匆匆忙忙的。他靠着厨房的柜子，一边喝着咖啡，一边拉扯着自己的衬衫领子。也许匆忙间穿了一件比较紧的衬衫，也许因为经常生气，爸爸的脖子突然变粗了。作为一个建筑工程师，他得经常到工地去。本知道，爸爸参加了三座大桥的建设。本认为爸爸的职业很棒。不过这会儿他对爸爸不满意，因为爸爸的忙乱把一切都弄得乱糟糟的。

"不要喝那么急！"妈妈在一旁说，"你会把嘴唇烫坏的！"不知道她这是在跟谁说话。本手里的茶根本就不热。

本一把抓过书包，他想尽可能不引起注意地溜出家门。可这时他感到牛仔裤有点儿不对劲。他把裤腰向上提了提，拉链突然绷开了。他高声叫喊起来。爸爸吃了一惊，放下了咖啡杯。大家都莫名其妙地盯着本。"我的天，你怎么了？"妈妈问。

"瞧，你瞧，这里，这里！"他指着绷开的前裆。

"倒霉的地方。"霍尔格在一旁说道。

妈妈眯着眼睛说："那就换一条牛仔裤吧，不过要抓紧时间！"

爸爸也笑出声来："什么乱七八糟的，我觉得我好像在精神病院里。"

本已经站到衣柜旁，把好几条牛仔裤都拉扯出来。说实在的，这些他都不喜欢，它们太肥了。

换过裤子，他匆匆地穿过厨房向外跑去，和谁都没有道别。平时大家都会在他的脸颊上吻一下的。这个早晨，一切都乱套了。他并没有迟到。不过，班上的其他同学都已经等在教室门口了。安娜在哪里？他没有马上发现安娜，因为杰恩斯把他搂住了。

"放开我！"

"为什么？"

"不为什么！"

本想挣脱开，可是杰恩斯把他抱得更紧了，还在笑个不停："跟你开个玩笑嘛！"

本不觉得这有什么好玩的。今天好像每个人都在莫名其妙地跟他作对，都想招惹他，都想捉弄他，谁也不让他安宁。

本挥起拳头对着杰恩斯的肚子来了一下，杰恩斯呻吟起来。这一拳根本就不可能那么痛，可是这坏小子故意演戏。西普曼先生就要到了。看到这一切,他又得恼火了。

"别装蒜了,根本就没那么严重!"

"你这个笨蛋!"杰恩斯说。

"你自己才是呢!"本高叫。

就在叫喊的时候,本看见了安娜。她脸色苍白,怯生生地站在贝伦哈德与盖辛娜之间。她看着本,就好像本做了什么错事。本把杰恩斯推到一边,一个人孤零零地站在那里。就在这时候,西普曼先生来了。他没有在意发生的事情,他打开教室门,等着所有的学生坐到自己的座位上。本走到自己的课桌旁坐下,麻木得好像失去了知觉。我的天,为什么今天一切都不对劲?他让自己不再东想西想,他要聚精会神。

可是,他做不到。他心里就像有成千上万只蚂蚁在爬动似的。他真想从教室里跑出去,跑出校园,跑到马路上,再一直跑到旷野里,跑啊跑,一直跑到那些乱哄哄的蚂蚁全部消失为止。

西普曼先生安静地讲着课,一点儿也没有停顿的意思。今天讲的内容是古代村落的产生。

"本!"

"到!"糟了,西普曼先生盯上他了。

"我们的祖先在建成村落,成为农民和手工业者之前,他们依靠什么为生?"

本的脑海里一片空白,他一句话也想不出来。他有一种感觉,好像他马上就要飞起来了。这倒不坏,在教室里飞行,先绕着西普曼先生转几圈,然后从窗户里飞出去。报纸上肯定会出现新闻——飞翔的学生!那才是爆炸性新闻呢。

这时他听到蕾吉娜在轻声提示:"采摘……"

本回答:"采摘。"

西普曼先生意味深长地皱了皱眉头,转身面对蕾吉娜:"看来你知道得很多。还靠什么?"

"狩猎。"

"这就对了,依靠采摘和狩猎。现在记住了吧,本亚明?"

本点点头。昨天还记得一清二楚,今天却忘得精光。

贝伦哈德在一旁推推本,耳语道:"我认为安娜确实不错。"

到处乱爬的蚂蚁突然没有了,他觉得被刺痛了。他恨不得马上打一架。

"我看不出来!"本说。其实他原本不想说这句话,可是谁让贝伦哈德这么快就改变主意了!

本又轻轻地补上一句:"你这个臭狗屎!"

可是贝伦哈德根本不在乎。"我马上就去和安娜交朋友。"他说。

"你去吧。"本回答。

课间休息的时候,本没有和大伙儿一起玩。

他眼睁睁地看着贝伦哈德、杰恩斯和蕾吉娜在一起说着悄悄话,还不断大笑。贝伦哈德送给安娜一个小面包。安娜居然很开心的样子。

"也许我发烧了,"本想,"我病了,可以回家了。"

课间休息结束时,他第一个回到教室。果然,贝伦哈德马上凑过来卖弄一番。

"听着！安娜以前所在的城市名叫卡策维兹！"

"没听说过有这么一个城市！"

"怎么没有？你又没跟安娜聊过天！"

"就是没有！"本斩钉截铁地说。

"可是我到过那城市。"西普曼先生接过了话头。他常常这样，接过学生们的话题作为课堂的开场白。

"我要让贝伦哈德吃点儿苦头。"本暗暗想，"我要给他一点儿颜色看看，否则我会气炸的，真的！"

他从书包里掏出一张胶贴画，这是霍尔格送给他的。这胶贴画是一张月亮的脸——不是通常那种笑眯眯的脸，而是一张哭叽叽的脸。他悄悄地在课桌底下把胶贴画背面的纸撕开，现在就得耐心等待了。只要贝伦哈德站起来，他就把胶贴画带胶的那面朝上，放到他的椅子上，贝伦哈德的屁股就会变成一张哭叽叽的脸了。

本耐心地等着。终于轮到贝伦哈德到黑板前做题目去了。当他回到座位时，可不能让他看见椅子上有东西。本只有在贝伦哈德坐下来的那一瞬间，把胶贴画飞快地放到椅子上。本成功了。今天是贝伦哈德负责擦黑板，一会儿他还得到黑板前去一次，但愿快点儿再快点儿。

本想：今天这一上午，发生的事情还真多。

快下课的时候，贝伦哈德果然去擦黑板了。月亮看上去很好玩，而且准准地贴在正中间。贝伦哈德每走一步，月亮都会做出不同的鬼脸。本真希望从座位到黑板的路比实际长上一倍才好。不过这已经够了，月亮的表情也够丰富的了。全班同学都已经看到，有些人已经忍不住扑哧扑哧笑起来。贝伦哈德弄不明白怎么回事，转身看看大家。西普曼先生还没有看到他的屁股。

"现在又怎么了？"西普曼先生问。

没有人回答。有的在嘀嘀咕咕，有的在哧哧发笑，有的双手捂着嘴巴。本望了望安娜。她的脸颊已经笑得鼓起来了。她用一只拳头堵在嘴巴上，很开心的样子。

本立刻觉得，那些爬动的蚂蚁都消失了。他很开心。

贝伦哈德还是摸不着头脑。他朝前迈了一大步，月亮哭得更加可笑了。

蕾吉娜终于忍不住了，她不再咻咻地笑，而是又尖又响地放声大笑了。

"够了！"西普曼先生说。

贝伦哈德完全糊涂了，开始在原地打转。

"贝伦哈德在跳舞呢！"杰恩斯喊。

"肃静！"西普曼先生吼叫起来。他终于发现了喧闹的原因，也笑了起来。"这可够滑稽的。"西普曼先生说。贝伦哈德满面疑惑地望着老师，眼泪都快掉下来了。

"你的屁股在做鬼脸，"西普曼先生说，"到我跟前来！"他撕下胶贴画，随手把它贴在黑板上。"喏，就是它在作怪。"他说。然后他的声音突然变得十分严厉起来："谁干的？"

本浑身一震。

西普曼先生已经站到他身边。

"是你，本？"

本站起来，轻轻地说："是。"

"为什么？"

本沉默着。

"没什么可说的？"西普曼问。

"没什么可说的。"本轻轻地回答。

"那也没什么可说的了，下课以后留在学校完成数学作业。听清楚了？"

唉，一切都倒霉透了。就算捉弄了贝伦哈德，他下课后也没有跟安娜交谈的机会了。"也许在离开教室之前，她会过来对我说点儿什么。"本想。

可是她没有这样做。

她和蕾吉娜咯咯地笑着跑出了教室，连瞧都没有瞧他一眼。西普曼老师坐到他的身边，友好的态度让本大吃一惊。他说道："本，我们一起来做题目好吗？真有你的，本。"

霍尔格告密

爸爸一脸疲倦地回到家里。刚开始他连话都不想说。妈妈也没说话,只是把吃的东西端到他面前,还送上一杯茶。爸爸一口气把茶喝完了。"回来的路上糟透了。"过了一会儿他才说,"这场该死的雨!"

本压根儿就没注意到傍晚时下起了雨。他躺在床上,东想西想。然后,又和特鲁迪说了一会儿话。霍尔格和妈妈没去打扰他,他们以为他在做作业呢。

爸爸走进客厅,打开了电视机。可他并不去看电视,却翻开了一张报纸。"怎么样?"他问。

"谁怎么样?"妈妈反问。

"嘿,你呀,孩子们呀。"

"感冒流行。"妈妈说,"诊所里挤满了人。"

"还不是因为这该死的天气。"爸爸觉得妈妈的话证实了他的结论,"你们近来怎么样啊?"

"就那样。"本回答。

现在轮到霍尔格了。本盯着他,看他葫芦里装着什么药。霍尔格深深地吸了一口气,很夸张的样子说:"本有女朋友了,这是他亲口告诉我的。"

爸爸把手里的报纸放了下去。

"有这样的事儿?"

"晚安!"本嘟囔了一句,就想回自己的房间。

"等一下。"爸爸的语气很认真,"我们认识她吗?"

"不。"

"是不是卡佳?"妈妈总是好奇得要命。

"不,不是卡佳。"

霍尔格又想插嘴。本吼了一声:"给我闭嘴!"

"得注意了,孩子们!"爸爸妈妈异口同声地提醒。碰到这样的事,他们已经很有经验了。

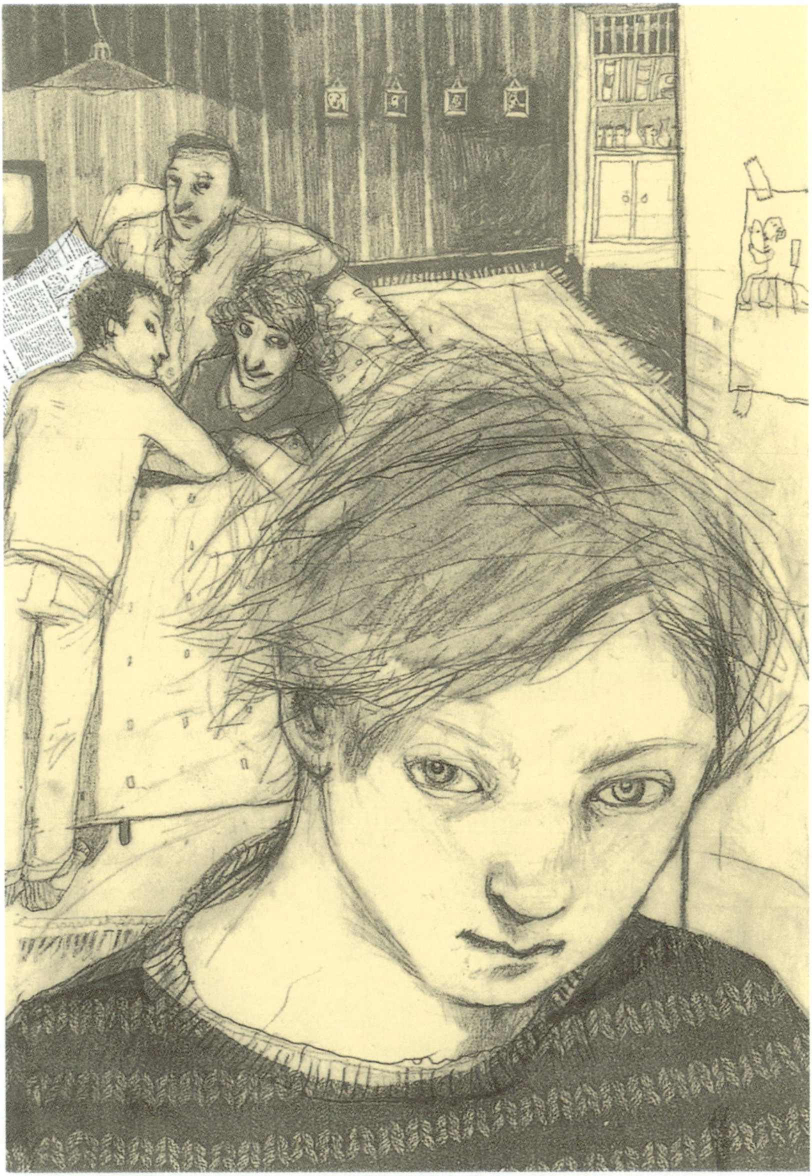

"她叫安娜，班上新来的同学，就这些了，没别的！"

本从霍尔格身旁走过去。霍尔格正在坏坏地笑着。本跑进卫生间，又把门反锁上。他听见霍尔格在说，安娜从波兰来。

爸爸妈妈吃了一惊。"从波兰来，这是怎么回事？她属于那种移民家庭？"爸爸问。本不喜欢爸爸说"那种家庭"的语气。"我再也不跟他们说起安娜了！"本暗自发誓，"特别是霍尔格，绝对一个字也不说！"

可是第二天早晨，妈妈却主动过来说起安娜。

"我们不是想阻止你和安娜的交往。"

"你们也做不到。"

"我觉得霍尔格的做法也不妥。"

"我无所谓。"本说。

"你喜欢安娜吗？"

"她很可爱。"

"她真的来自波兰？"

"真的。来自波兰的一个城市，叫作'卡策维兹'

什么的。"

"你是说卡托维茨?"

"差不多吧。"

妈妈抚摸着他的脑袋。这个时候她的这个动作,让本觉得很不自在。

"哪天带她来玩玩。"

"不好说。"

现在,妈妈也没兴趣继续这场谈话了。

"你现在不想说话。"

"不想。"

就在他准备拉上门的时候,妈妈高声说:"顺便告诉你一下,圣灵降临节时,格哈德伯伯要到我们家住三天!"太棒了!一想起格哈德他就满心愉悦,这是一个非常有趣的人。尽管爸爸一提起格哈德伯伯就叹气,认为他是一个招人心烦的家伙。可说到底,他是爸爸的亲哥哥。真让人不敢相信。

假如安娜有兴趣,本可以把格哈德伯伯的各种有趣故事告诉她。

安娜的家

　　手工课不上了,这样他们就提前两小时放学了。本跑出校门,他想在外面等安娜。他躲进一家面包店的门廊里。可安娜老不来,她总是这样慢慢吞吞的。这一来,反倒遇上了杰恩斯。他是来面包店买心形泡泡饼和小熊橡皮糖的。这小子是班里第一号馋嘴。

　　"走开!"本说。

　　"为什么?"杰恩斯问。

　　"你想惹我?"本反问。

　　"你哪根神经搭错了?"杰恩斯边说边从他身边溜进店里。

　　如果安娜在这个时候出现,杰恩斯立刻就会明白,他是在这儿等安娜。

安娜果然出现了。她一个人在街对面走着，看不见本。这也好。只是杰恩斯必须赶快离开面包店。在他离开以前，本还不能去追赶安娜。上了年纪的面包店老板娘，好像要用一百年的时间，去慢慢地数着纸袋里的泡泡饼。

终于，面包店门上的铃铛响了一下，杰恩斯出来了。他站在本的身后。"走，快走开！"本推了杰恩斯一把。杰恩斯差点儿摔下三个台阶。

可杰恩斯还是走得慢悠悠的。

本一面看着杰恩斯的背影，一面开始数数。数到二十的时候必须去追安娜，否则就追不上安娜了。他不知道安娜住哪里，也不知道她走哪条路。

数到二十！本飞跑起来。还好，安娜在前面正准备转弯呢。

快到安娜身边的时候，他反而停下了脚步。他有点儿喘不过气来。而且，他突然有点儿害怕，安娜也许会把他当成一个笨蛋，让他滚开呢。她说不定会嘲笑他。有时候安娜也是挺傲慢的。

41

他跟在她后面慢慢走，跟她保持着一段距离。

如果她现在能转过身来，那就好了。

可是她压根儿没有这个打算，反而稍稍加快了脚步。也许她已经感到，本正在跟踪她呢。

他暗自鼓起勇气：冲上去，本！猛跑了几步以后，他和安娜肩并肩了。

"你好，安娜！"

"这根本就不是你回家的路吧！"安娜说。她的神态说明，她早就知道本在跟着她。

"不是我回家的路。"

"想和我一起走一段吗？"她问。安娜说话的腔调常常像一个大人似的。这一点，本从认识她的第一天起就感受到了。

"是的，你住哪儿呢？"

"在克莱伯尔路。"

"可是……"本没有再说下去。倒是安娜把他想说的话全说了出来："那一带是贫民区。我们就住在那里，不过时间不会太长了。我爸爸已经提出申请，要不了多久他就又能挣钱了。"

"他没有一直在挣钱吗？"

"在波兰时就不挣了，因为我们准备回德国。来这里以后也不行，因为我们从波兰来。我也说不清。"

"那些人真是够愚蠢的。"本说。

"哪些人？"

"那些不给你爸爸工作机会的人。"

"爸爸常说，对我们这些小人物，他们爱怎么做就怎么做。"

本接不上话了。他想跟爸爸谈一谈。他的爸爸从来没有说过安娜爸爸说的这些话。不过他爸爸跟安娜的爸爸不一样。

"卡托维茨漂亮吗？"本小心翼翼地说着"卡托维茨"这个地名。"卡—托—维—茨"，他不知道自己说对了没有。妈妈对波兰城市的了解肯定是不多的。

安娜反问道："你是说卡托维策？"

原来应该是"策"而不是"茨",本想。

"卡托维策很美,"安娜说,"我们住的地方离山区不那么远。我们常常到矿井那里去玩。"

"矿井?"

"是啊,是采煤的煤井。在地下挖很深很深的矿井,把煤炭采出来。你没听说过吗?"

"当然,我知道。"

"我爸爸就在矿井里当装配工,每天都下井干活。"

本觉得这活儿很不错。他暗自想:最深的井到底能挖多深呢?

安娜又说起在卡托维策的女朋友们,桑尼亚、玛丽亚。说起这些,她兴奋得脸上红扑扑的。本从一旁看着她,他觉得安娜很美很特别,跟他认识的所有女孩完全不一样。

"跟我一起进去吗?"安娜问。说着话,他们已经来到她家住的简易房前。这种老房子看上去有点儿东倒西歪的样子。

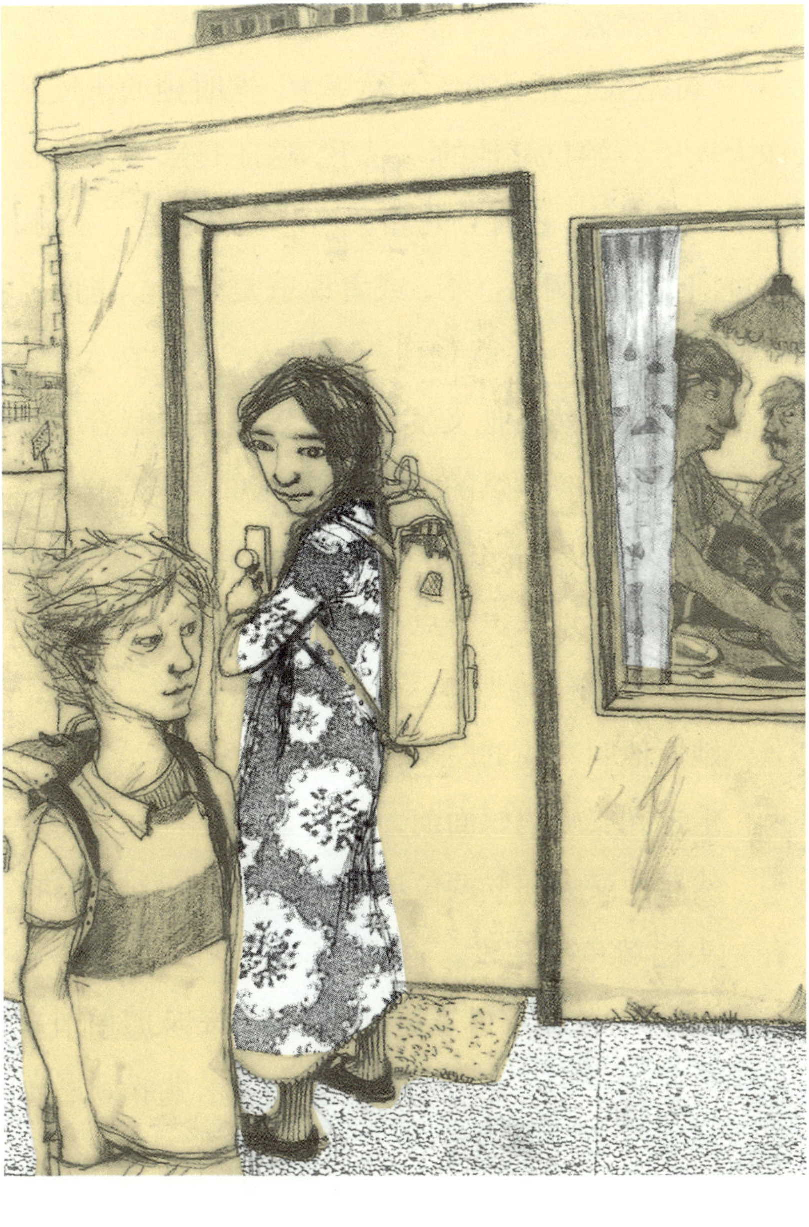

本摇摇头。

"可是我想把你介绍给大家！"这时她的语气又像大人了。她拉起他的一只手，这还是第一次。她的手是温暖的，还有点儿黏。她带着他走进了家门。走进门去就是厨房。不，或者说就是客厅。里面坐着许多人。本一眼就看到两个男人，一个女人，还有三个小孩。然后他又发现一个摇篮里还躺着一个婴儿。屋子里暖烘烘的，散发着食物的气味。

"这是谁？"那女人问。这肯定是安娜的妈妈。她的外貌跟本地人也有点儿不一样。

"我的朋友，他叫本。"

她管他叫"我的朋友"。

本走到安娜妈妈面前，握手问候。

然后他又去问候两位男人。其中一位身材魁梧，有一头棕黄色的短发。这人开口说："我是安娜的爸爸。"另一位是安娜爸爸的朋友，也是从波兰回来的。那些孩子们好奇地打量着本，后来就躲到屋角里悄悄地说起话来。

"跟我们一起吃饭吗？"

"谢谢！可我妈妈不知道我来这里，我得回家。"

"太遗憾了。"安娜的妈妈说。本觉得她的声音特别好听。

安娜又把他送出门。

在门外，他问："你睡在哪里？"

"我们还有一个房间，"安娜说，"那是我们孩子们睡觉的房间，爸爸妈妈就睡在厨房里。"

"你有几个兄弟姐妹？"本问。

"六个，"她说，"四个你已经看到了，还有两个大的在教养院的学校里，他们吃住都在那里，学德语更方便些。"

"你的德语也是这么学的吗？"

"我是自学的，跟着爸爸妈妈学。"安娜解释说。

她应该感到自豪，本想。

他一路奔跑着回家。

他的脑海里闪出很多很多的念头：安娜把他称

作"朋友"。安娜的爸爸竟会有这样的一头黄头发。那座城市是叫"卡托维策"。还有,安娜这么聪明。他们七个人挤在一个房间里睡觉。有一些人过着这样的日子。以后他一定得问问爸爸,为什么安娜的爸爸老是找不着工作。

妈妈已经回家了,她正在屋前的花园里忙着。

"怎么这么晚才回来?"她问。

"我陪安娜回家了。"本回答。妈妈只是点了一下头,再没往下问什么。

这让本有点儿失望。

本给安娜写信

为了庆祝校庆，四年级 B 班和四年级 C 班举行足球赛。

本不是一个出色的足球队员。他不觉得足球有什么重要。平时踢足球的时候，最佳前锋杰恩斯总是对着他吼："你连边线传球都不会，你这个饭桶！"他也不生气。可是今天不同，班上的女生都来看球，安娜也来了！本特别卖力。他比往常跑得勤快，得球的机会也比往常多。可惜他一得到球，就有点儿不对劲了。他不会带着球跑，跌跌撞撞的，差点儿被球绊倒。想传球的时候，动不动就把球踢到对方球员的脚下。真是糟糕透了！一定得进一个球。当本的球队得到一个罚角球的机会时，本想由他来踢。杰恩斯愁得双手抱住了头。贝伦哈德拉住本，说："让杰恩斯去吧！"

"不，我来！"本说。

他学着电视里看来的动作，一个助跑，使劲一脚。可是球没有飞向球门区，而是沿着边线滚出了底线。杰恩斯气得往地下一躺，一边乱滚，一边乱叫。就连西普曼先生也责备地朝本看了一眼。最糟糕的是：安娜在哈哈大笑，笑得比蕾吉娜还要响。蕾吉娜笑本不在乎，可安娜竟然也跟着笑。

西普曼先生说："本，你来当巡边员吧！约根替换你上场！"

完了，本连巡边员都当不好。他的注意力始终集中不起来。西普曼先生不得不几次提醒他："睁大眼睛！本！"

本是睁大了眼睛的，可他还是什么也看不清。如果有可能，他真想挖一个地洞钻进去。如果刚才没有非要去踢那个角球就好了，可现在一切都迟了。球赛结束以后他绕过安娜走了。和蕾吉娜、卡佳一个样，安娜也是一个蠢丫头！

他把这一切全告诉了天竺鼠特鲁迪。特鲁迪一声口哨也没有吹,只是静静地听着。

然后他打定主意:给安娜写封信。他开始找信纸。过生日的时候,有人送了他一盒漂亮的信纸,可就是找不到。最后,本从练习本上撕下一页纸,给自己的钢笔换了一个新的墨水芯。

他写道:

亲爱的安娜:

今天你真讨厌,你在球场嘲笑我。我的足球确实没有杰恩斯踢得好,可他到现在还不会游泳,而我早已经是游泳好手了。假如杰恩斯快淹死的时候,你也会嘲笑他吧?你嘲笑了我,我很不满意。我请求你以后不要这样了!除了这一点,你一切都好。现在我问你一个问题:你愿意做我的女朋友吗?

你的本

霍尔格总是问女孩子们，愿不愿意做他的女朋友。所以，本也应该向安娜提出这个问题。

第二天，课间休息时他把信塞到安娜的书包里。她肯定会看到这封信的。

贝伦哈德替代安娜

圣灵降临节假期快到了,大家都很开心。西普曼先生说:"我真高兴,因为有几天的时间我不需要跟你们见面,不需要听你们的声音了。"贝伦哈德接着说:"谢谢,我们也一样。"西普曼老师认为这话有点儿过分了。他马上命令贝伦哈德在课后写出二十个"能让老师看了高兴"的句子。"我能写一大堆呢。"贝伦哈德低声嘀咕说。

所有的人都为即将到来的假期高兴,可是本不。安娜没有给他回信,一句话也没说,一个字也没写。本真的不明白,难道她不喜欢那封信?那她也可以直说嘛。这到底是什么意思呢?本又感觉到胸口和肚子那里紧紧绷起来了,很不舒服。他真的受够了。他不愿意一直惦记着安娜,他决定和闹僵了的贝伦哈德恢复友谊。

"下午到我家去好吗？"本问贝伦哈德。

贝伦哈德吃了一惊。不过他没有表现出来，只是说了一句："随你的便。"

下午，他俩坐在花园里的桌子旁，整理着一堆汽车模型。这都是本平时收集的。霍尔格把他的收藏全部送给了本。爸爸也不时地给他带回一个模型。本把每一个模型都编号登记下来。贝伦哈德负责往每一个模型上贴一个小小的彩色编号。贝伦哈德认为这其实一点儿意思都没有，反正总有些汽车模型会搞坏或者找不到了。

"这样登记了就马上能发现了。"本说。

"这样就更傻了。"贝伦哈德说，"知道得越清楚就越生气。"

他们又谈论起班上的女生。贝伦哈德最喜欢卡佳。而本却没有兴趣谈论安娜。贝伦哈德的兴趣却越来越大。

"那个安娜，"贝伦哈德说，"已经不那么呆头呆脑的了，所有的游戏她都跟着一起玩。她也不像班上其他女生一样动不动就尖声怪叫。"

"我没注意。"本淡淡地说，"小女孩都那样。"

"是大女孩了，不是小女孩。"

"说什么乱七八糟的。"

"本来就是这样的嘛。"

要不是本的妈妈走过来请他们去花园给花草浇水，他们俩肯定会争吵起来。

"马上就动手，科伯尔夫人！"贝伦哈德装出一副勤快的模样。其实他一肚子坏点子。

本的妈妈笑着对他说："你说话就像一个儿童影星似的。"

"你听见了吗？"贝伦哈德得意地对本说，"连你的母亲都认为我可以上电视呢！"

本不理睬他，拖起水管朝前走。

因为贝伦哈德一再要求，本把浇水的活儿让给了他。贝伦哈德把喷着水的水管夹在两腿间，看上去就像在尿尿一样。

55

"朝这边看，本！"他高声喊。

本连看也不看他一眼。

"你这个专门给别人扫兴的笨蛋！"

"对，我就是。"

贝伦哈德又拼命地扭动屁股。"看哪，"他高叫，"现在我是一头大象！"

"别胡闹了！"本说。

这时候，贝伦哈德又有了一个新点子。邻居家前面的步行道上有个当天刚刚清空的垃圾桶。这是莱伯尔夫妇家的垃圾桶，他们要到傍晚才下班回家。

贝伦哈德拖着水管翻过了矮矮的篱笆。"过来呀！本！我们把它灌满水。如果他们想来搬动它，那……"

贝伦哈德被自己想象的情景乐坏了，本也觉得这个主意很好玩。

贝伦哈德就往垃圾桶里灌水，本在一旁注意着周围的动静——万一莱伯尔夫妇突然回来了呢？

"天哪！这桶可真能装。"贝伦哈德开心地抱怨着，"已经放了好久，才装满一半。"

"你还没够吗？"本在一边问。

"没呢！"贝伦哈德打定主意要把垃圾桶灌满。

"已经有一澡缸的水了吧？"本问。

"差不多吧。"

"我看已经不止了！"本说。

"大概一缸半吧！"贝伦哈德说。

他们俩你一句我一句的。本觉得跟贝伦哈德重新和好还是很值得的。

"终于，水已经漫到垃圾桶边。满了！快盖上桶盖！"贝伦哈德指挥着。

"过来，让我们试试能不能把它抬起来！"本说。

"就我们俩，想都别想！"贝伦哈德说得对。不管他俩怎么握着把手使劲往上抬，那垃圾桶一动不动，就像一块大石头。

他们飞快地翻过篱笆跑回园子。本把水管卷好。"剩下的那些你明天接着浇。"贝伦哈德说。

57

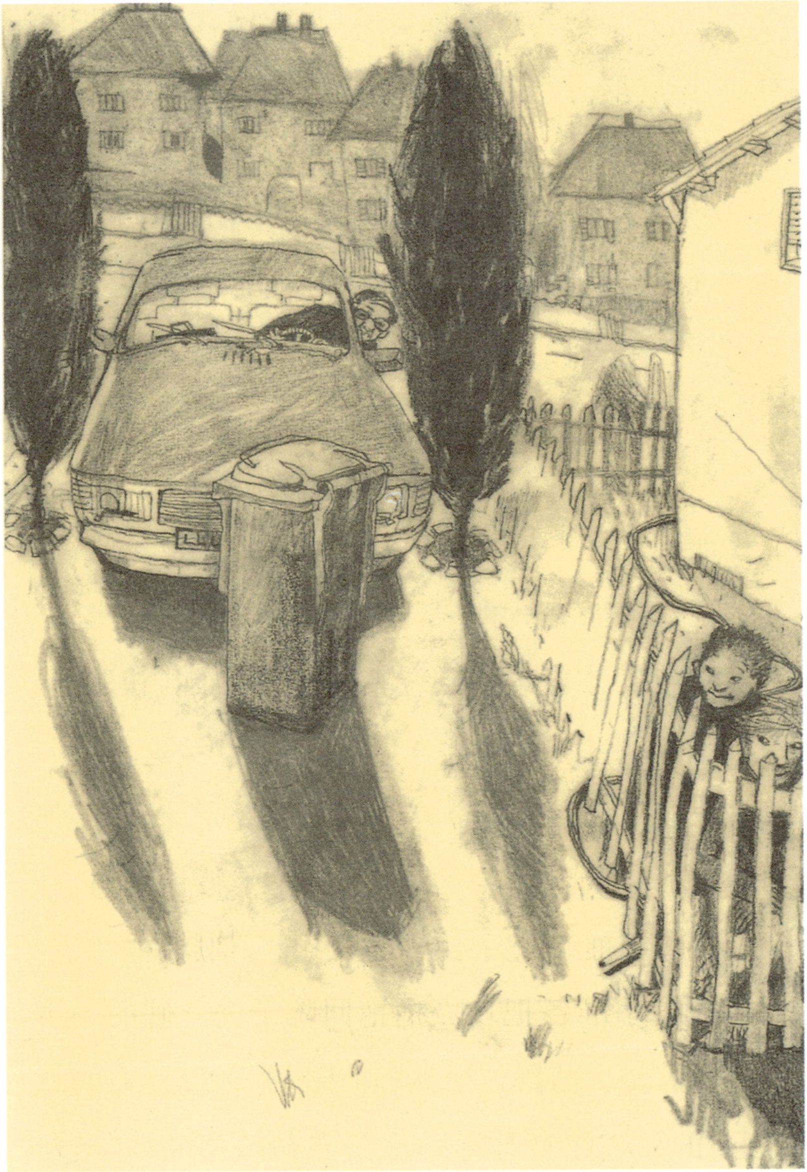

他俩开始静等莱伯尔夫妇下班回家。

没等多久，莱伯尔先生的车子就开过来了。

莱伯尔先生是联邦铁路的一位高级职员。"一个高等动物"，爸爸这样评论他。可是从外表看，他怎么也不像"高等动物"。他更像一条打不起精神的哈巴狗。他又矮又胖，身上总是穿一套皱巴巴的灰西服，腋下总是夹着一个巨大的黑色公文包。

本每次过生日，都会得到莱伯尔夫妇的礼物。要么是一支圆珠笔，要么是一份印着"联邦铁路"字样的挂历。最近一次生日，莱伯尔先生竟然送给本一个标有"联邦铁路"的烟灰缸。"多么善解人意呀，"爸爸讽刺说，"他已经知道你将来一定是个大烟鬼。"

莱伯尔先生从车库走出来。他迈着急促有力的步子朝垃圾桶走去。垃圾桶差不多有他胸部那么高。他抓住把手准备把垃圾桶拖回院子去。砰的一声，莱伯尔先生突然摔到地下。他愤怒地"啊哟！啊哟！"哼了几声，一骨碌爬起来，掀起桶盖，朝里面看了一眼。他把盖子砰的一声关上,用锃亮的黑皮鞋对着垃圾桶一阵猛踢,然后脚跟着地转过身,快步向本和贝伦哈德藏身的方向走来。"他不可能看见我们的,"贝伦哈德耳语道,"绝对不可能!"

莱伯尔先生使劲按着本家里的门铃,看上去他恨不得把墙戳一个洞。

"我来了!我来了!"本的妈妈连声答应。她打开门,吃惊地说:"是您呀,莱伯尔先生!"莱伯尔气得说不出话来,只是呼哧呼哧喘着气。

本的妈妈知道他很生气,用温和的口气说道:"有话请您进来说吧。"

门砰的一声关上了。

贝伦哈德见势不妙,说了一句"我得走了"就溜了。

本一个人孤零零地坐在灌木丛里。他能想象出,莱伯尔先生正在对妈妈说什么。

等了很久,妈妈终于让怒气冲冲的莱伯尔先生安静了下来。门开了,本在灌木丛中缩成一团。莱伯尔先生一脸得胜的样子从碎石小道上走过去。看样子一场急风暴雨就要向本袭来。

"本！"妈妈立刻喊。

"在这儿。"

本的声音太轻了，妈妈以更大的声音又一次叫道："本！！"

妈妈在门口的过道上把他拽住了。"你干了什么？"

"我，我……"

"你怎么能做这样的事儿呢？"

"我，我……"

"你也知道，我们家和莱伯尔家处得不好。这一家人特别斤斤计较。"

"是的，我……"

"别老是我、我的了！"

"可是我……"

"莱伯尔先生受伤了。也许，他得去医院。"

"可是我们、我们……"

"为什么突然又变成'我们'了?"

"贝伦哈德和我,我俩只是想……"

"想什么?想出了一个恶作剧!"

"我们只是想……"

"我知道你们只是恶作剧。我只希望不会有别的麻烦。"妈妈的声音已经平和了许多。

"我真的不知道,格丽特!"

"不知道什么?"

"就这一下,莱伯尔先生就受伤了。"

妈妈轻轻地推了本一下。"回到你的房间去吧!待到吃晚饭时再出来。下回宁可把安娜带回来,也不要带贝伦哈德。那女孩子一定不会想出这样的坏点子。"

这回是妈妈自己提起安娜来了。本邀贝伦哈德来家,正是为了让他替代安娜。

安娜的回信

放假的前一天,安娜当着大家的面,把一张纸条放到本的课桌上。教室里响起一阵怪笑。本用一只手压着纸条,把它慢慢地推到一边。

"你必须马上就读!"安娜大声喊。

这时西普曼先生走进了教室。本迅速地把纸条塞进裤袋。

"不管怎样!"安娜还在喊,声音又响又固执。

"什么叫'不管怎样'啊?"西普曼先生问。

"安娜给本写了一封信!"大家七嘴八舌地说着。

"是吗?那又怎样呢?"西普曼先生做出一副毫不见怪的样子,似乎本每天都从安娜那里收到一封信似的。

安娜又从座位上站起来,她根本不理睬乱七八糟的声音,说:"他连读都没读就塞到口袋里去了!"

这下西普曼先生什么都明白了:"噢,所以你才说'不管怎样'。那好吧,本,不管怎样,你还是读一读信吧,读完了也就没事了。"

本从裤袋里把信掏了出来,把它展开。他羞得恨不得找个地洞钻进去。安娜为什么不在课间休息时把信给他呢?先是让他傻等,现在又把他弄成一个大傻瓜。

"快读,快读!"全班同学都在大叫。

"安静!"西普曼先生的声音更大,"你们难道不知道,信件是个人隐私吗?现在我们上课!既然你们这么喜欢朗读,赶快给我把课本从书包里拿出来。"

本开始读信,它不长。

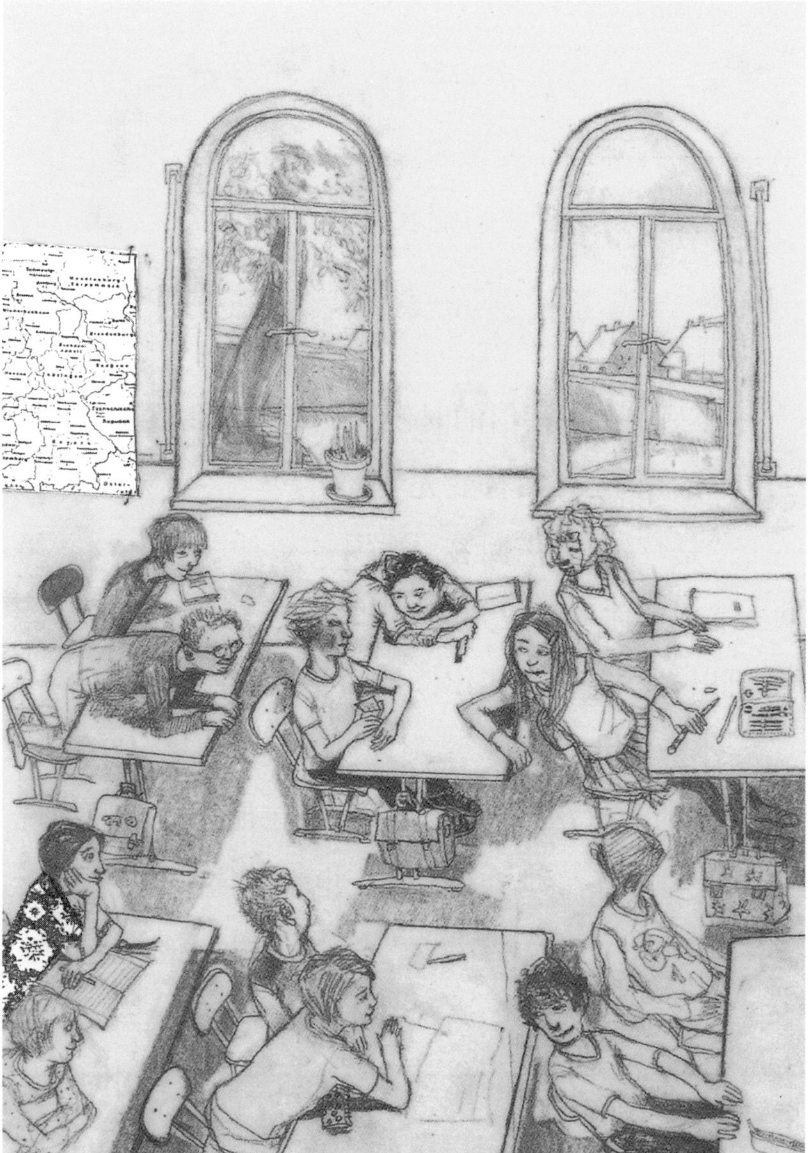

亲爱的本：

你的信我已经收到。我觉得写得很好。你说的那些，我也觉得很好。假期里你会出远门吗？或者我们能在一起做点什么？

你的安娜

本感到，在读信的时候，安娜一直在注视着他。

"读完了？"西普曼先生问。

"是。"本轻声回答。

"现在你可以跟大家一起上课了。第二节课以后，你可以去和安娜谈谈你读信后的感受。明白了吗？"

本点点头。

他的脸火辣辣的。贝伦哈德在他耳边低低地说着话。他听不懂他在说什么，也不想懂。这一节课，他没法集中注意力。西普曼先生也没叫他起来回答问题。本觉得这样的老师特别亲切可爱。

本在考虑：课间休息时，是和安娜一起出去呢，还是先跑出去在校园里等她？也许那样可以免得别人笑话。

安娜比他早了一步。课后,她在校园里等着本,一点儿也不在意他的尴尬,问:"假期你们外出吗?"

本说不出话来,只是摇摇头。

安娜拉着本,边走边说:"太棒了!我们邀请你明天来做客。我爸爸和妈妈想请你吃饭。在波兰大家都这样,邀请别人到家里去吃饭。"

"可我们不是在波兰啊。"本说。他终于能开口说话了。

"我是不是很傻?"安娜咔咔地笑着。

"我得去问爸爸妈妈同意不同意。"

"问就问吧。"

"那以后你也得到我家来,安娜。"

"当然。"

"等格哈德伯伯来我家时,我们一起去郊游呢。"

"去哪儿呢?"

"这我还不清楚。"

"坐小汽车去吗？"

"不坐汽车坐什么？"

"我已经好久没有坐过小汽车了。"安娜说道。

"你们家没有车吗？"

"没有。我爸爸得先找到工作呀。"她突然伸出双臂抱住本，把他搂到胸前。根本不管校园里的其他同学在看着。然后，她松开手，一蹦一跳地飞快跑开了，本一个人愣愣地站在原地。

"明天见！"安娜回头叫。

"放学以后我们还可以聊几句呀。"

"那可不行，妈妈在等我呢！"

"她吻你了吗？"先是杰恩斯，接着是贝伦哈德，都问着同一个问题。

"没有！没有！没有！"本气得直跺脚。这个安娜，她为什么要这样呢？可是，那感觉其实还真不错。

妈妈去上班以前，本问她，第二天是不是可以到安娜家去吃饭。

妈妈不怎么同意他去。"那些人自己也没什么东西吃。"她说。

"可是安娜的爸爸妈妈邀请我去的。"

"去就去吧,"妈妈说,"听说波兰人是挺好客的。"

"他们不是波兰人!"本纠正道。

"随你怎么说吧。"妈妈回答说。

整个下午,本一直把自己锁在房间里。霍尔格没空来纠缠,他得去打乒乓球。

本坐在他的书桌旁,缓缓地写着一个又一个的句子:

安娜的个子没有我高。
安娜是德国人,她来自波兰。
可她是德国人。
我爱安娜。
安娜来自卡托维策,是"策",不是"茨"。
安娜有一头黑发,梳一条粗辫子。
安娜是一个跟别人不一样的女孩。

安娜非常漂亮,因为她有一双大眼睛。

看样子,安娜喜欢我。

我很喜欢安娜。

安娜差一点儿就吻了我。

安娜的眼睛真的太美丽了。

当本把写下来的句子重新读一遍时,羞得脸都红了。他把纸揉成一团,扔进桌旁的废纸篓里。

今天他不需要做家庭作业,整整一个星期不需要做!他把装着天竺鼠特鲁迪的箱子端到园子里。他还没有对安娜说起过特鲁迪。安娜一定会很喜欢这个小东西的。

本在约会前的准备工作

本一直睡到快中午的时候才醒来。妈妈没有去叫醒他。昨天晚上妈妈就说,他应该好好享受一下假期的生活。即使霍尔格把唱片机开得惊天动地,也没能把本吵醒。可是这会儿,妈妈走进他的房间。

"阳光在闪耀,早饭在等你!"

"天哪,格丽特……"本伸了个懒腰,还想接着睡。可是妈妈不断地在这儿那儿挠他的痒痒,非让他起床不可。

本突然记起了安娜的邀请。今天得出门,要到安娜家去吃午饭,她肯定已经在等我了。

妈妈把窗帘拉起来,太阳照得本眼睛都睁不开了。"好家伙,就像夏天一样。"他说。

"可不,"妈妈说,"你呢,睡得像冬眠的乌龟一样。

不过你别急,现在是十点,你还有两个小时。记得不,格哈德伯伯明天要来我们家?"

"是啊。"本说。

霍尔格已经把他急需修理的各种电器都摆了出来,就等着格哈德伯伯来修理它们。

但愿他俩不会把全部时间用来鼓捣这些东西。格哈德伯伯只要一动手,不修好他就不会住手。只有妈妈才有办法转移他的注意力。

"赶快把特鲁迪弄到园子里去,"妈妈说,"它有点儿臭了!"

本穿着睡衣跑到园子里,一屁股坐到草地上,仰起脸对着太阳。一阵微微的暖风吹过来。天哪,真是舒服极了。不用上学!天气这么好。到安娜家吃午饭。只是,在安娜的父母和其他人面前,他还会有些不自在。这时,霍尔格打开窗子怪怪地笑了几声:"瞌睡虫!"

"吵闹鬼!"本高声喊回去。

霍尔格今天的心情和本一样好,他没有骂下去,而是射出一个纸燕子，让它在草地上空飞翔。

本一骨碌爬了起来。接下来，他就开始为安娜家的午餐做准备。他很仔细地洗了个澡，又洗了头，还剪了手指甲，然后又用电吹风把头发吹干。他穿上最喜欢的牛仔裤和一件宽松的衬衫。他把爸爸的剃须香水倒在手心里，把它擦在额头上和脸上。接下来他坐到餐桌旁，打开咖啡壶盖子，给自己倒了一杯咖啡，往面包上涂抹着果酱，安安静静地吃起早餐来。

霍尔格走进来，把平静的气氛一扫而光。他双脚生根似的站在那里，呆呆地盯着本，然后高高举起双手，张大嘴巴，做出一副大吃一惊的样子："格丽特，格丽特！过来，快过来。你应该来看看，这样的事情从来没有发生过！我这弟弟！啊，我快晕倒了！"妈妈立刻跑了过来。她双手一拍，呆呆地看着本，就好像看到了一个超人降临。

"这不可能是真的。"她惊叹着，"你自己洗了头，大白天的还洗了澡？"

"让我安静点!"本嘟囔着,两眼盯着面前的杯子。

"不!不!不可能!"妈妈在说。

"我的天,这里香得就像花店似的。"这是霍尔格。

"对,我也闻到了!"妈妈说。

两个人不停地说着:"天哪,天哪!"

"你是不是用了我的香水?"又是妈妈。她一边使劲吸着鼻子,一边朝他走过来:"不,这是你爸爸的剃须水,是不是?"

本微微地点了一下头,动作小得几乎看不出来。他的屁股已经悄悄移到座椅边。他准备猛地站起来,从他们中间穿过去,跑得远远的。

霍尔格还是没有反应过来:"爸爸的剃须水?我不明白,我真的受惊吓了——你也刮胡子了吗?"

"是的!"本大叫一声蹦起来,三大步就奔到了室外。

"等一下!"妈妈对着他的背影喊,"我给安娜的妈妈准备了一束鲜花。等一等!"

"我用不着!"

霍尔格高声大笑起来:"他自己就是一朵花!"

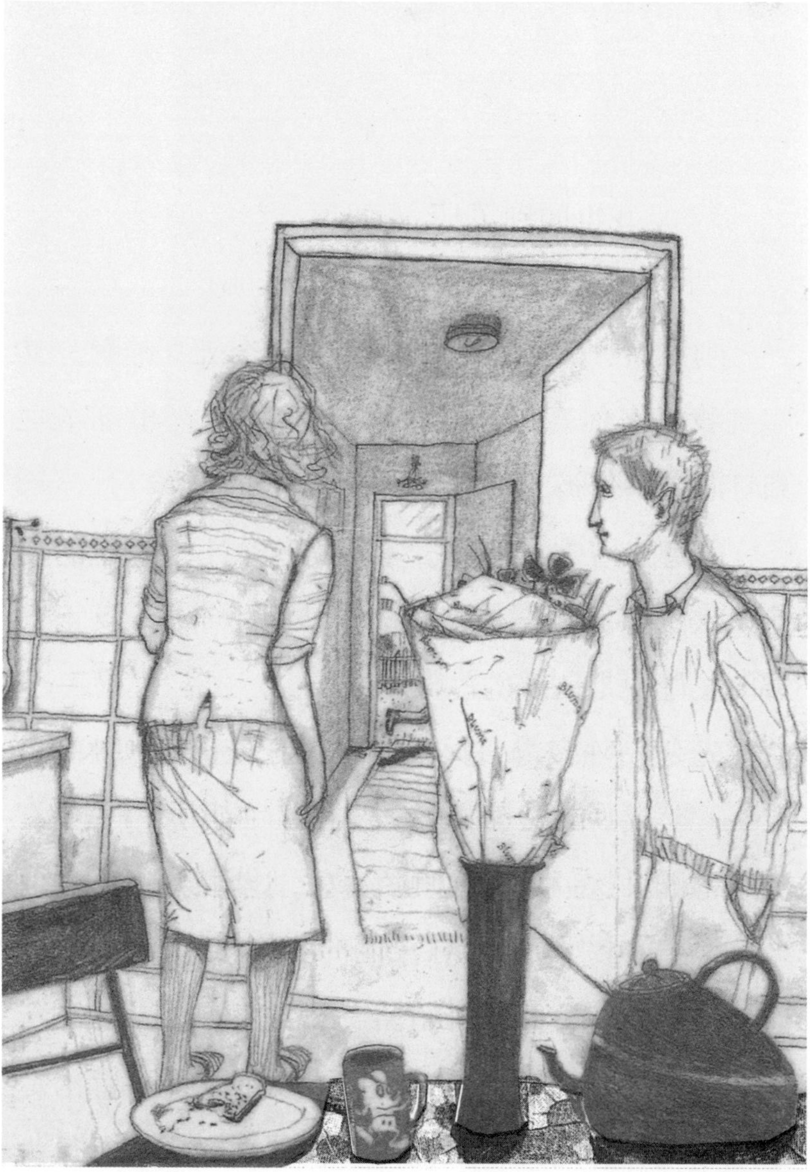

安娜的小木屋

刚见面，安娜就看出来了："你今天真帅啊。其实到我家来你真用不着这样。"可她自己也穿了一条灯芯绒牛仔裤，这裤子她在学校从来没穿过。

安娜推着本进了门。本觉得这个小房间里的人比上次更多。他不想费力去辨认每一个人，反正安娜的父母他是认识的。

先是一阵寂静，所有的人都盯着他看，朝他点点头。然后，大家又交谈开了。有的用波兰语，有的用德语。这一种闹哄哄的快乐，让本感到很舒服。

他想：安娜虽然穷，但她也很开心。因为他们的生活是另外一种样子的。

桌子的中间摆着两个高高的铁锅，里面冒出一股股热气。旁边是一大盆煮马铃薯。安娜的爸爸为每个人装菜，第一个是本。"想要多少？"他问。本犹豫着。安娜爸爸往盘子里舀了一勺汤菜，外加半个马铃薯："如果觉得好吃，再多加。"

这是一种稠稠的浅褐色的汤，里面有白花花的肉块。汤有些酸，但味道不错，肉也很好吃。本不好意思问吃的是什么。

安娜突然地对他说："这是牛杂碎汤。"本吓了一跳，正往嘴里送的叉子戳到鼻子上。他点点头，咀嚼着，鼻子上有点火辣辣的。妈妈总是说，她什么都能烧，也什么都敢吃，就是牛杂碎不能。

"味道不错。"本说。

"还想来一些吗，本？"安娜的妈妈问。

这回本的盘子里装了很多。妈妈的话不总是对的，本边吃边想。

吃过饭以后，安娜问本："我有一个秘密的地方，你愿意跟我去看看吗？"

"那当然。"本回答。

他俩跑过贫民区前面肮脏的广场，又沿着一条狭窄小路朝前跑。小路两边都是小小的花园。

安娜对这一带很熟悉。本想：她肯定常在这一带满世界地玩。本很羡慕，甚至有点儿嫉妒。

小路通到铁路旁突然就没有了。铁轨已经锈迹斑斑，枕木之间长满了杂草。

安娜走在本的前面。她在枕木上一蹦一跳地走着，还不时回过头来招招手："过来，过来呀！"本被她落下很远。他向安娜跑去，也想在枕木上跳着走，可总是不能成功。

"嗬！嗬！"他高喊着，还高高举起双臂。他靠近的时候，安娜说："这里很美，是吗？等一下，我还要给你一个惊喜！"那个令人惊喜的地方就在铁轨旁，深深地藏在乱树杂草中间。这是一个小木屋，很窄，但很高。也许以前是用来存放工具的，也许是给铁路巡护员避雨的。

安娜在小木屋前停住脚步，用命令的口气说："在这儿等着，本！我先进去看看，是不是一切正常。"

"这是你的地方？"本问。

"没错。"安娜自豪地回答。

"好，我等着。"

他听到木屋里传来一些轻微的响声。过了一会儿，门开了，安娜在里面说："请进，我的先生！"

小木屋的地板上有一个床垫，床垫的一侧扔着一条花毯子。木屋里还有一把椅子和一个书架，书架上放着几本《米老鼠画报》，还一溜摆着五个外表坑坑洼洼的茶叶罐。

安娜从其中的一个罐子里掏出了一块巧克力糖。他俩坐在垫子上。安娜在这里比在学校里自信多了，这让本很喜欢。

他们肩并肩地坐着，一起吃着巧克力。他不知道这会儿该说什么。安娜先开口提起本给她的来信："你在信里说的那些都是真的？"

"什么？"

"你说你喜欢我？"

"是的，没错。"

"我也喜欢你。"

他没有看安娜,只是嚼着巧克力。"真的吗?"他问。

"是真的。"安娜说。

"我累了。"安娜说了一句,一骨碌滚到床垫上,"你也躺下吧,本。"他们并排躺着。本背对着安娜。

"你转过身来嘛。"

本转过身,两人脸对着脸。她呼吸着。本的脸颊和额头都能感觉到她的呼吸。他闭上眼睛。安娜的手在他脸上移动着,移到他的嘴唇上,痒痒的。

"当心我咬你。"

"咬就咬。"安娜说。

本闭着眼睛,把她的手拉住,咬了一口。

"啊哟,我的手!"她尖叫起来。

本笑了。"你好暖和。"他说。

"现在可以睡觉了。"安娜说。

"我不累。"

"我也不。"安娜咯咯笑起来。她猛地跳起,跨过他的身体跑开。

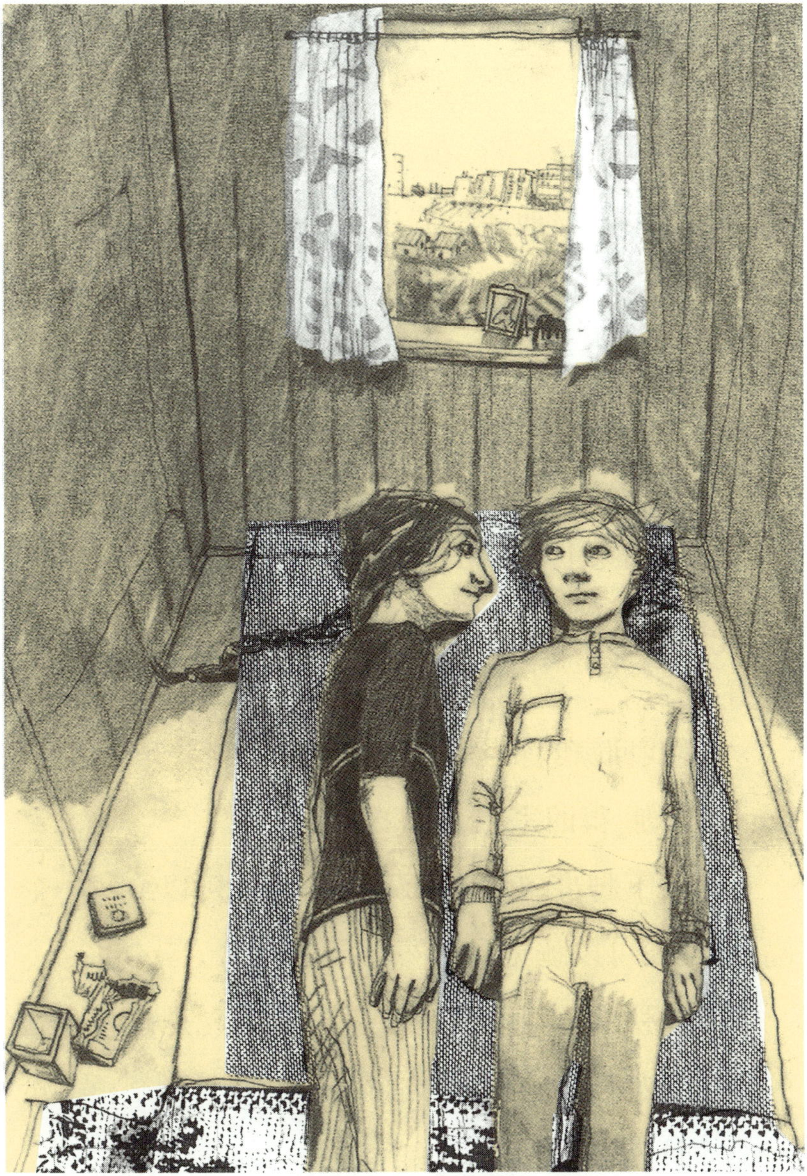

"来呀,本!我们坐到铁轨上,读《米老鼠画报》,喜欢吗?"

凡是安娜喜欢的,他都喜欢。

有几本画报他还没读过。两人紧挨着坐在铁轨上,一边翻看着一边笑。安娜笑起来的时候,本能感觉到她的快乐。有几次他把手臂放到她的肩上,不一会儿又偷偷拿开了。他觉得自己笨手笨脚的。

"我们该走了。"安娜站起来,走进木屋。她把画报搁到书架上,把毯子叠整齐,把门牢牢地关上。

这回他们没有奔跑,而是在草地上慢慢地走着。

"跟我回家吗?"安娜问。

"不,我得回家了。"

她停下脚步,眨了眨眼睛说:"你可以给我一个吻呀。"

他飞快地吻了她一下。他的嘴唇先是碰到了她的鼻子,然后才碰了一下她的嘴。

"呵!"安娜说。

"明天你到我家来。"本说。

"我得问我父母。"

"明天下午见!"说完,本飞跑而去。他跑过贫民区前的广场,没顾得上看脚底下。一不小心,他绊了一下,一下子趴在了马路上。他的双手都擦破了皮,火辣辣的。"真糟糕。"他嘟囔了一句。他握起拳头。可这一来,疼得更厉害了。

家里来了两位客人

霍尔格已经跟格哈德伯伯缠上了,这让本很恼火。他本来打算第一个跟格哈德伯伯玩的。可没办法,霍尔格比他起得早。那好吧,本决定干脆在床上多躺一会儿。本听到了爸爸的声音,爸爸整个圣灵降临节都休假。这回是全家节日大聚会,外加格哈德伯伯!本在一篇作文里曾经描写过他,可是西普曼先生对他的描写一点儿也不相信。一个成年人怎么可能那么滑稽可笑呢?

格哈德伯伯在笑。他的笑声跟别人都不一样。他一面笑一面吸气,连续不断地发出"嗬嗬,嗬嗬"的声音,听起来就像一头母猪在园子里拱来拱去。

本在那篇作文里,是这样描写格哈德伯伯的:

格哈德伯伯是我爸爸的哥哥。这很难让人

相信。假如格哈德伯伯走在街上，所有的人都会看他。格哈德伯伯有两米高，可是非常瘦。他走路时总爱哈着腰，所以看上去像一只大鸟。他的胳膊也是又细又长。他的脑袋有点儿太小了。他花白的头发总是剪得很短。他经常穿牛仔裤和色彩鲜艳的外套。妈妈说他这副打扮有点儿疯疯癫癫。给人印象最深的是他的声音。他的嗓音一点儿也不像他的外表，很洪亮很厚实。他是一个化学家，可是其实他还是一个发明家。他总说："我专爱发明别人用不着的东西。"这真是太有意思了。记得上回他来我家时，又进行了一次试验。当时我们正在喝汤。格哈德伯伯把一小粒东西丢进了汤里。他说："它会让你们大吃一惊。"一眨眼的工夫，一盆鸡汤就变成了果冻那样的东西。他得意地说："对那些讨厌喝汤的人来说，这项发明是个福音。"当时妈妈就把他狠狠地数落了一顿。可是我却认为，格哈德伯伯太厉害了。

妈妈又在数落什么了。但愿圣灵降临节期间不要发生什么不愉快，那样就太遗憾了。本想。

"你不懂！你不懂！"这是爸爸在叫，他好像又在生气了。

本从床上跳起来，跑到园子里。

格哈德伯伯一见他就大声地说："他终于出来了，这个小瞌睡虫！小捣蛋鬼！小淘气鬼！小罗圈腿！太好了！"他用长得出奇的双臂抱住本，又把他举到半空，轻声地、友好地问："你好吧，本亚明？"

"嗯。"

"快来看哪，本！"霍尔格喊。从一个水桶里长出了一棵树。它长得很快，好像是海绵之类的东西做成的。刚开始看不出来，一会儿已经长得很高。

"我的天，真是不得了！"

"一个小小的魔法罢了。"格哈德伯伯嘟囔着。

"这家伙会长多高？"妈妈有点儿担心地问。

格哈德伯伯皱着眉头说："噢，也就和科隆大教堂的尖塔差不多高吧。"

"你像孩子那么讨厌。"妈妈说。

"孩子讨厌吗?"格哈德伯伯反问一句,倒把妈妈逗笑了。

"那我就住手吧。"他又说道。

正如本事先估计的那样,霍尔格、格哈德伯伯,还有爸爸,都去鼓捣那些电器去了。格哈德伯伯搓着手说:"看我们能不能做出一个尖叫器来。"

"别别!"妈妈几乎要喊救命了。

"一个声音很轻很轻的尖叫器。"格哈德伯伯安慰她。

本还有一大堆事儿要做。他想把房间收拾整齐,把特鲁迪的箱子擦干净,为安娜的到来做准备。

过了一阵子,从霍尔格的房间里真的传出了轻微的持续不断的尖叫声。

安娜来得有点儿早。就像本一样,她也打扮得漂漂亮亮。她还给妈妈带来了一束鲜花。本觉得这一切太过分了。可安娜好像很喜欢这样的事。当她向妈妈献花时,还行了一个屈膝礼。本在一边为她感到脸红。可是妈妈很亲切地看着安娜，问："愿意跟我一起去找个花瓶把花儿插起来吗？"安娜点点头，马上跟着妈妈消失在厨房里。妈妈回头说了一句："安娜很快就过来。"这好像是在安慰本。安娜是本的客人，不是妈妈的客人，不是吗？本回到自己的房间坐在窗台上等着，等了好长时间。妈妈和安娜说着话，没完没了的。终于，安娜过来敲门了。本突然觉得非常快乐，赶紧把门打开。安娜站在那里愣了一下，然后高叫一声："太好了！"她直接扑向天竺鼠："真可爱啊！"

"这是特鲁迪。"

安娜跟特鲁迪说着话，本跟安娜说着话。他自己都不知道跟安娜说了些什么。安娜轻轻抚摸着特鲁迪，打量着本的房间。

"你的房间挺漂亮。"

本"嗯"了一声，他不敢再说什么。他在问自己，安娜也会有自己的漂亮房间吗？真糟糕，本想，安娜的爸爸找不到工作。就因为他们从波兰来，有人就这么刁难他，真可恶！

安娜问本，是否可以看看整个房子。"那当然，还有花园呢！"本说道。

他带着安娜参观自己的家。安娜一直不停地赞叹和惊讶。这让本很不是滋味。最后他轻声说道："你也应该住上这样的房子的。"

安娜没有说什么"等爸爸找到工作以后"或者"我们也能做到"这样的话。

"不，"她说，"我们在卡托维策的家比你们好多了，只不过小一些。"

"你想回波兰吗？"本问。

"我也不知道，"她说，"可现在已经来了。"

本把爸爸、格哈德伯伯以及霍尔格介绍给安娜。

霍尔格用一种讥笑的表情上下打量着她。不过可以看得出，安娜已经"通过"了他的审查。

格哈德伯伯却冷不丁地向安娜提了一个问题："你想不想听听电动天竺鼠是怎样尖叫的？"

安娜还没来得及回答，桌上的一堆东西就尖声

89

地叫开了。看着安娜惊奇的表情，格哈德伯伯更加得意了，两只长臂前后甩动着。本真担心天花板上突然会降下大雨，或者地毯上长出茂密的青草。

然后，他们坐在园子里聊天，一直聊到妈妈请大家用餐。"今天这么暖和，都可以去游泳了。"本说。

大家都围坐在桌子前。妈妈也说："今天的天气真好啊！"

格哈德伯伯亲自动手分发餐具。妈妈不放心地盯着他。她等着突然发生小小的爆炸，或者是更加稀奇古怪的事情。可格哈德伯伯这会儿根本不像是一个能让水里长出树，或者是让电动天竺鼠满桌跑的人。他专心地和爸爸谈论着桥梁建筑，谈那些在没有公路的地方，孤零零地矗立在那里的大桥。

"你们建这种桥是为了自己开心吗？"他问。

"当然不是，我们是按照规划办事的。先建桥，再把公路修通。"爸爸说。

"我以为你们是在建桥梁纪念碑呢。"格哈德伯伯笑着说。

妈妈让安娜把汤盆递给她。这时，奇怪的事情发生了！汤刚碰到盆底，就开始沸腾起来，还发出噼噼啪啪、咔咔嚓嚓的声音。这奇妙的声音越来越响。咔嚓！噼噼！啪啪！咝咝！妈妈连忙把汤盆放下。"格哈德！"她叹了口气。格哈德伯伯很纳闷地看着汤盆。

没想到声音这么杂乱。"也许是天气太热了，真不可思议！"他说。

除了妈妈，所有的人都大笑起来。爸爸瞥了一眼妈妈的脸色，马上止住了笑。妈妈用拳头敲了一下桌子："够了！一个男人弄出这么多恶作剧，真让人受不了！请求你，格哈德，把汤盆收到厨房去，洗刷干净！"

"可是那结晶体是无色无味又无害的，它不影响汤的味道啊！"

"请去吧！"妈妈丝毫不给讨价还价的余地。

格哈德伯伯做出一脸后悔无比的样子。他的表演天分也是很出色的。他皱起眉头，一张脸立刻就像风干的苹果。当他端起汤盆往厨房走时，他弯腰屈膝活像是一个巨大的牵线木偶。

厨房里重新响起噼噼啪啪的声音。"真是不可救药。"妈妈叹道。

"我认为他太有意思了！"霍尔格说。安娜和本都同意他的意见。

吃饭的时候再没有发生其他的怪事。饭后爸爸建议到附近的一个湖去玩。大家一致赞同。

格哈德伯伯必须发誓，一下午不再玩什么新花样。他看着妈妈的眼睛，压着嗓门说："我发誓。"然后他把全家分成两组，安娜和本坐他的车。

"你那开车技术……"妈妈似乎对什么都不放心。爸爸把一只手放到她的肩上安抚她。

格哈德伯伯这回不再让步了。他说："我已经保持了四十万零八百二十一公里外加六百九十二米安全驾驶无事故的纪录，我尊敬的弟妹。你可以放心地把这对可爱的小天使交给我！"

本和安娜坐在后排。皮座椅舒适宽敞，他俩紧挨着坐在中间。

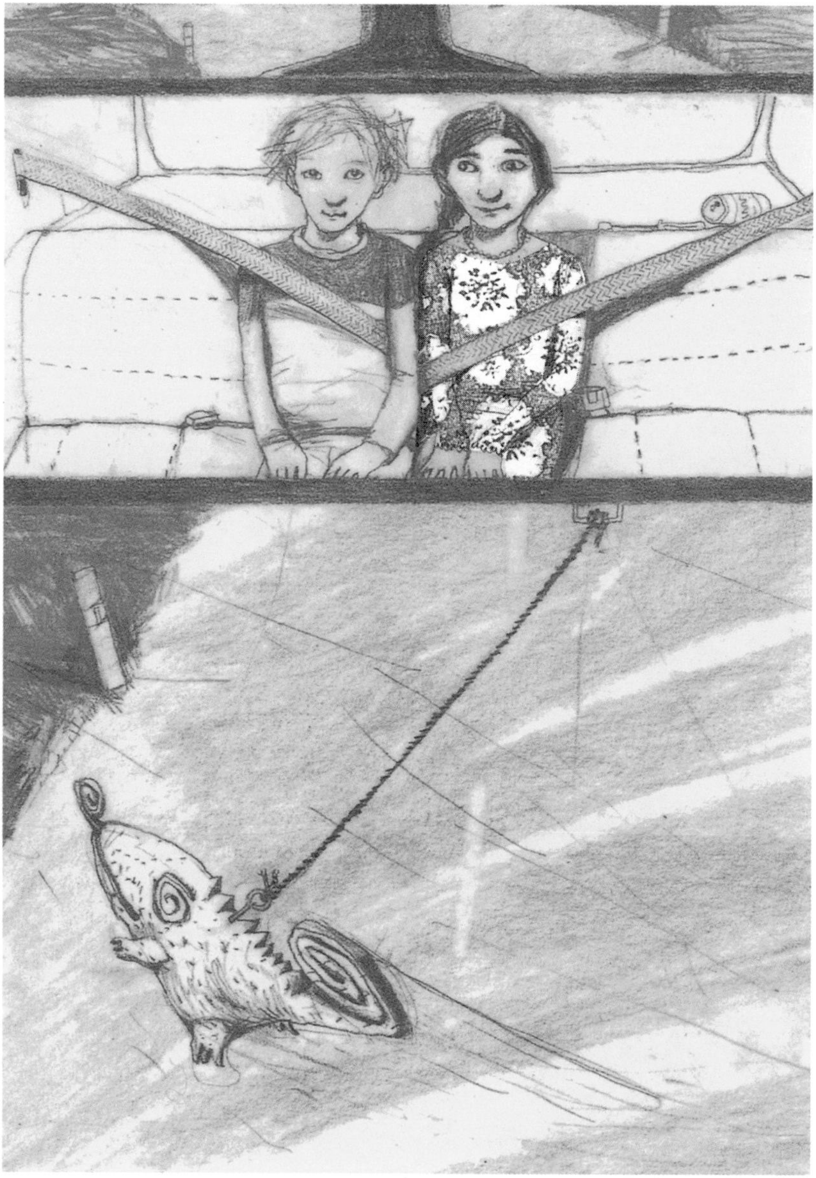

格哈德伯伯时常从后视镜里看看他们。开了一会儿他说道:"你们知道吗?在我看来你们好比一根树枝上的两只小鸟!"

"是吧。"本咕哝了一句,稍稍偏离安娜一点儿,可是安娜又向他身边靠去。

在森林里

爸爸主张全家散步，至少两小时。妈妈支持他。霍尔格表示反对，说这完全是全家排着队在野外行军，他情愿留在湖边。安娜和本跟霍尔格的想法一致。格哈德伯伯不关心家庭内部的争论。他在一边活动身体，一边享受着野外的新鲜空气。

爸爸不肯让步，孩子们只得没精打采地跟在他后面走着。时间一长，大家的心情好了些。霍尔格拿出随身小刀，一根又一根地削木箭。本和安娜跟着格哈德伯伯边走边交谈。他讲的尽是些奇怪而有趣的事情。比如，他曾是少数几个被挑选出来品尝宇航员胶囊食物的专家之一。宇航员的晚餐是一种从紫色软管里挤出来的半流质，这给他留下了难以磨灭的记忆。它的味道像烤兔肉、熏鲱鱼、苹果卷和口香糖的混合物。

"所以我这么瘦,原因很清楚了。你们说对吗?"

他们不太相信他的话,可是兴致勃勃地听着。

"你为什么不结婚呢?"本问。

"因为我害怕。"

这个回答让本吃了一惊:"你……害怕?"

格哈德伯伯停下脚步,把霍尔格给他削的一根木拐杖插进泥土里:"想一想吧,你们两只小鸽子!本的妈妈格丽特很善良,可是她连我和我的小魔法都不能忍受。换一个女人,她怎么愿意跟我天天生活在一起呢?就是这个原因,我就害怕了。"他不再说话,把木杖从地里拔出来,面色突然变得十分严肃,但马上又恢复了平时的模样。他怪腔怪调地说:"有一句谚语怎么说来着?结合以前,慎重思考。现在,你们跑开一会儿吧,让我一个人思考思考。"

他们被格哈德伯伯装出来的严肃吓得跑进了森林里。他俩坐在树丛里气喘吁吁。本灵机一动,想抄近路沿着湖边走。安娜觉得不好,她想跟着大家走。"他们不知道我们为什么不见了,他们会找我们的。"安娜说。

"才不会呢,"本说,"他们肯定会想,我们已经回去了。"

安娜拉住他的手。

本很高兴。他们手拉手在树林里奔跑,不久就到了湖边。这里一个人也没有,很远的水面上有几只小划艇。

本脱掉鞋袜,在浅水里拍打着。

安娜也学着他。他俩捡了一堆枯树枝,在水里筑起一个小水坝。

本开心地朝安娜身上泼水。安娜转身沿着湖岸飞跑,她奔跑的速度一点儿不比本慢。

他们跑得喘不过气的时候,就坐在一棵倒在地上的树干上休息。两人都沉默着,互相能听见粗重的呼吸,还能听见小鸟们特别响亮的歌唱声和叽叽喳喳声。

"我身上全湿了。"安娜说。

"我也是。"本说。

安娜从头上脱下连衣裙,把它挂在旁边的树枝上晾着。本也在问自己,该不该也把T恤脱掉。他犹豫,他尴尬,他再也坐不住了。他跳起来,把自己从下至上浇个透湿。

"现在我游泳!"本说。他飞快地脱光衣服,潜进水里。水很冷,本一个激灵。他想:"这下我要缩成一团,变成一个小不点儿了。"

刚开始,安娜只是惊讶地盯着他。接着,她也脱掉了衣服,下到水里,在本的身边扑腾。

"哇!冰冰冷!"她尖叫。

她像一只猴子一样攀着他。本带着她朝水下沉去。他抓住她。当他们一起冒出水面的时候,安娜喘着气,吐着水,晃着头。本觉得她像一条鱼似的,这种感觉特别奇妙。

"在水里我好轻好轻,你能把我托起来。"安娜说。本双臂托住安娜。她真的很轻,好像一点儿重量都没有。他把她在水里晃来晃去。

她突然说:"不许你这样看我。"

"我才不看你呢!"本理直气壮地说道。可是,他反而看得更仔细了。

"放开我。"她求他,"我要上去。"

"不。"

他把她搂在胸前,这样都暖和些。

"放手吧,放手吧,本!"

"那好吧。"

当她光着身体从他身旁跑开的时候,他突然感到害羞。他站在那里,转过身去望着湖面。

"我们没有东西擦身体。"安娜为难地说。

"你来回跑一阵不就干了?"

"被人看见怎么办?"

"这里没有人!别胡说!"本这回感到自己很像一个大人了。

本偷看安娜一眼,只见她穿着一条红得耀眼的绒布小短裤,舞动着双臂,正绕着一棵大树在奔跑。

99

他也穿起短裤,坐到树干上。他浑身簌簌发抖。安娜发现了,拿着连衣裙过来说:"盖上这个!"

"又得弄湿了。"

"没关系。"

她坐到他身边,说:"我已经干了。"

她用连衣裙裹着他们两个人。本虽然竭力克制着自己,可仍然在簌簌发抖。安娜开始帮他揉搓,他渐渐地暖和起来了。

"好些了吧?"她问。

他点点头,可是上下牙齿还在碰得咯咯响。

安娜搂住他,把他抱在自己怀里,他一动也不动。就这样,他们坐了很久很久。

他感到,她的温暖传到了他的身上。

"现在我们一样暖了。"过了一阵子他说。

安娜猛地跳起身来:"快来抓我呀!"她像一只鼬鼠那样灵活敏捷。她绕着树跑来跑去,本就是逮不到。

突然,她猛地收住脚步。本没有料到,撞了上去。

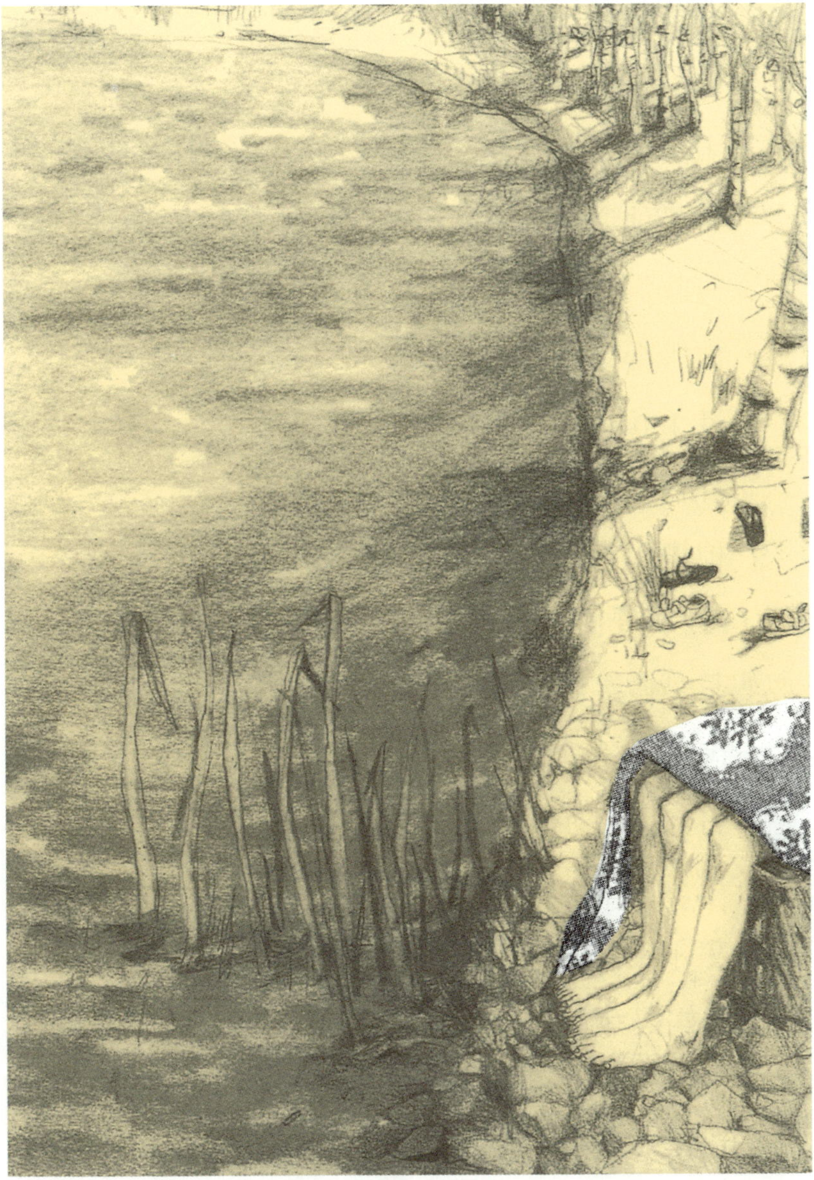

他们两人一起滚进一个凹坑里。

她的脸挨着他的脸。

本想，要是能这样待下去该有多好啊！

可是他说的却是他不想说的话："安娜，爸爸妈妈在等我们了。"

他俩都穿好衣服。

鞋子和袜子都拎在手上。

"沿着湖边走会近一些。"本说。

他说对了。只绕过一个湾汊，他们就和大家相遇了。没有任何人责备他们的失踪，这让本感到意外。妈妈只是微笑着问他们肚子饿不饿。

怎么能不饿呢？

野餐开始了。这时太阳落山了，森林里升起一阵阵凉意。

霍尔格和格哈德伯伯、爸爸一起，升起一大堆篝火。妈妈穿上香肠放到火上烤。本突然感到好累。他平躺在草地上，闭上眼睛，听着妈妈和安娜闲聊。安娜告诉妈妈，她和本下湖游泳了。

"希望你俩没着凉。"妈妈说。

后来本就睡着了,一直睡到鼻子跟前有一股香肠的浓香才醒来。原来是安娜在用香肠逗他呢。大家都笑了。

当汽车在贫民区前停下时,天已经黑透了。

"但愿你爸爸妈妈不会责怪你。"

"肯定不会!"安娜说。然后她又说了句:"谢谢!"

格哈德伯伯重新启动车子,路面上的小石子飞起来。"喂,怎么样啊,本亚明·科尔伯?"他问。

"还不错。"本嘟囔一句。

"你太轻描淡写了,我亲爱的。"格哈德伯伯得出结论。

第二行字

　　假期剩下的两天，安娜和本没有再见面。她没来，本也不想到她家去。可是他一直想着安娜。有一回，甚至在梦中见到了她。

　　他俩又在湖边玩。安娜向湖心游得太远了，本想追上她，可他的腿变得十分沉重。他不由自主地往水下沉去，就在他感到快要被淹死的时候，他惊醒过来。

　　妈妈总是问，是不是跟安娜吵架了。这种问题让他非常恼火，他不理不睬，掉头就走。

　　所有的人都很讨厌。安娜也是这样。

　　他真希望，假期后的第一天，安娜不来上学。

　　可是她来了。

　　本走进校园，一眼就看到了她。

她凑在杰恩斯的耳旁低声说着什么。他真想上去揍她一顿，连杰恩斯一块儿揍！他简直要放声大哭。

他真想转身离去，逃学。

安娜在笑。

杰恩斯在笑。

本慢慢地从他们身旁走过，把拳头塞在裤袋里，说："杰恩斯，你这臭狗屎！"

"你干什么？"安娜问，"为什么对杰恩斯这么没礼貌？"

"因为他对我没礼貌。"

"这不可能，他根本没有对你做错什么。"

"你自己明白。"

安娜上前拉住杰恩斯的手臂，把他拉开，就像她以前对本一样。

上课的时候他的注意力无法集中。他想："我要生病了。我已经病了。我要回家。我要死了。死了以后让安娜一个人难过去。"

课间休息的时候他一个人孤零零地站着。

安娜也不来邀他。

"我在发烧了。"他想。周围发生的一切都距离他很远,跟他一点儿关系都没有。

上课铃声响的时候,他跟在其他人后面,慢吞吞地走着。没有人注意到他。他第一次发现,走廊里的地板是绿色的。"真奇怪,"他想,"我一直觉得它是灰色的,其实根本就是绿色的。"

听到身后西普曼先生的脚步声,本加快了步子。班上的同学与其说是在等老师,还不如说是在等他。他不用花太多时间去找原因。黑板上写着一行字,是大写:

本爱安娜

他早就有预感,班里的同学会对他做些什么的。也许是因为病了吧,要不然这一切不会这么刺伤他。

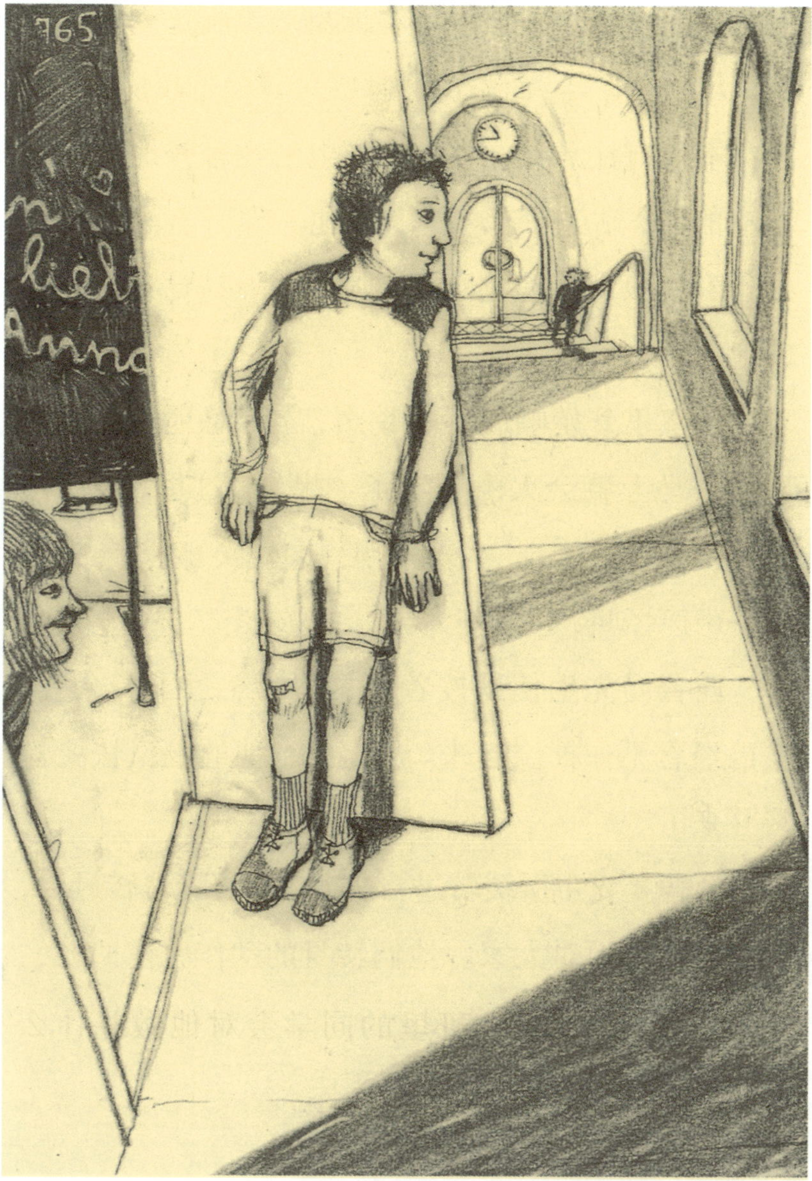
765

他就像生了根似的站在课桌与黑板之间。真奇怪，大家没有笑，而是屏住呼吸等待他的反应。

本没有注意到，西普曼先生已经轻轻地关上了教室的门，站到了他身旁，像他一样盯着黑板。他感觉到一只大手放到了他的肩上，不易觉察地抚摸着他。

教室里开始响起了嗡嗡声，本惊恐地耸起了双肩——马上就会火山爆发了。果然，这里那里，乱糟糟地叫喊起来："本爱安娜！本爱安娜！"还夹杂着一声声怪叫，一阵阵大笑。

西普曼先生使劲按着本的肩膀。过了一会儿，本已经忍不住抽泣起来。他觉得，他的胸口快要炸裂开来了。

西普曼先生缓缓转过身来。本也跟着他转过身，这样本必须面对大家。他们转身的动作就像回放一段很老的电影，很慢很慢。

一个接一个的同学坐了下去。

一个接一个的同学安静下来。

"谢谢!"西普曼先生说。

本尽可能不往安娜坐的方向看。安娜也跟着笑,她竟然这样做了。她和别人一起嘲笑他。她嘲笑了他,安娜嘲笑了他。

"黑板上还缺一行字。"西普曼先生说。他说话声很轻很轻,轻到没有一个人敢大声出气儿。

"有谁上来帮帮忙?"有的人摇头,有的人傻乎乎地瞪着老师。本也想不出,西普曼先生到底是什么意思。

西普曼先生的手从本的肩上移开,又飞快地摸了摸他的头。他大踏步走到黑板前,拿起粉笔。在

本爱安娜

的下面,以同样大写的字母写下

安娜爱本

西普曼先生一个字一个字地写,本一个字一个字地读。每一个字母都给他增加一分伤心。"这不对!"

他差点儿就喊出声来。可是那样一来，自己只会更可笑。

"爱是双方的事。"西普曼先生说。他不去看黑板上的那两行字，而是把本带到座位上，继续说："下课以后你们再去思考这个问题，现在我们一起来练习心算。"

他沉思地看看本，说："你不太舒服吧，本？知道吗？如果你愿意，你可以现在就回家休息。"

本不等他再说什么，拿起书包就从教室里跑了出去。

本病了，安娜走了

　　本真的病了，他发起了高烧。为了照看他，妈妈请假在家。医生每天上门看病。每次都用手掌按压他的腹部，用听诊器叩听他的胸部。霍尔格有时也来给他朗读一些有趣的文章，可是本实在太疲劳了，没法真正听进去。他病得分不清白天和黑夜。只有当爸爸坐到他床边的时候，他才知道，这会儿是傍晚了。他老是做梦，一些稀奇古怪的梦。大多数的梦里，都有安娜出现。

　　他以为，这回的病也许是因为安娜引起的。可医生说他得的是一种很复杂的感冒。病中的一天，格哈德伯伯突然冒出来了。格哈德伯伯问本，为什么他突然之间又咳嗽又打喷嚏又发颤，还带这么多传染性的病毒。为了丰富本的汽车模型收藏，他还送给本一辆非常漂亮的老式锡皮汽车模型。

本感觉好多了。医生说,再过两天他就可以去上学了。这时爸爸才告诉他,最近他去拜访了安娜的父母米切克夫妇。爸爸说:"安娜很好,她请我问候你。"

"你亲眼见到她了吗?"

"那当然,我去拜访她爸爸了。"

本有点儿紧张。"看来是为我和安娜的事了。"他想。

可是,爸爸说:"知道吗?我曾想,也许我能够帮助米切克先生找到一份工作。就这么等下去,被人们像皮球一样踢来踢去实在太糟糕了。通常,人们以为处在他那个地位的人,不得不忍耐着。可米切克先生已经忍无可忍了,他自己去把问题解决了。他直接向鲁尔区的一些煤矿发了信。前不久有一家煤矿给他回了信,答应他马上就可以去上班,还答应给他一家提供一套住房。米切克先生不愿逆来顺受,这使我十分佩服。"

本一心想的是安娜。

他想：安娜要走了，安娜要走了。他开口问："安娜也得走吗？"

"是的，"爸爸回答道，"这很遗憾，不过你们可以互相写信。"

本转过身去面向墙壁。爸爸沉默地在他床边坐了很久。

安娜又让他吃了一惊。病后复学的第一天，她在他家的车库前等着他。妈妈知道她来了，可是没对本透露一个字。本真想朝安娜奔过去，可脚下却走得慢慢的。

"有人用车把你带来的吗？"本问。

"没有。"

"那你今天起了个大早了，真不错。"

安娜向本讲起学校里的近况。

本问起杰恩斯和贝伦哈德，安娜却不接话。她说："我要走了，和我父母一道走。"

"是的，"本说，"我知道。"

"下个星期就走,"安娜安慰了他几句,然后说,"我很难过,因为我们也许再也不会见面了。"

班上为安娜举行盛大的告别会,全班同学都参加了。西普曼先生送给安娜一个新书包,安娜非常激动。会后本送安娜回家,他想建议再到铁道旁的小木屋去看看,可是没说出口。安娜太激动了,而且她的父母已经在打点行装。在安娜家,大家都跟他握手道别。安娜的妈妈吻了本的双颊,这让他觉得有点儿别扭。

"我们会互通消息的。"米切克先生说。

"你爸爸是个好人。"

"你也是。"安娜说。

她又陪着本往回走了一程。突然她站住了:"我得回去帮忙了,否则妈妈会骂的。"

本想:"分别的时候,我一定得吻安娜一下。"可是他没能做到。安娜在他胸前轻轻地推了一下,发疯似的跑开了。

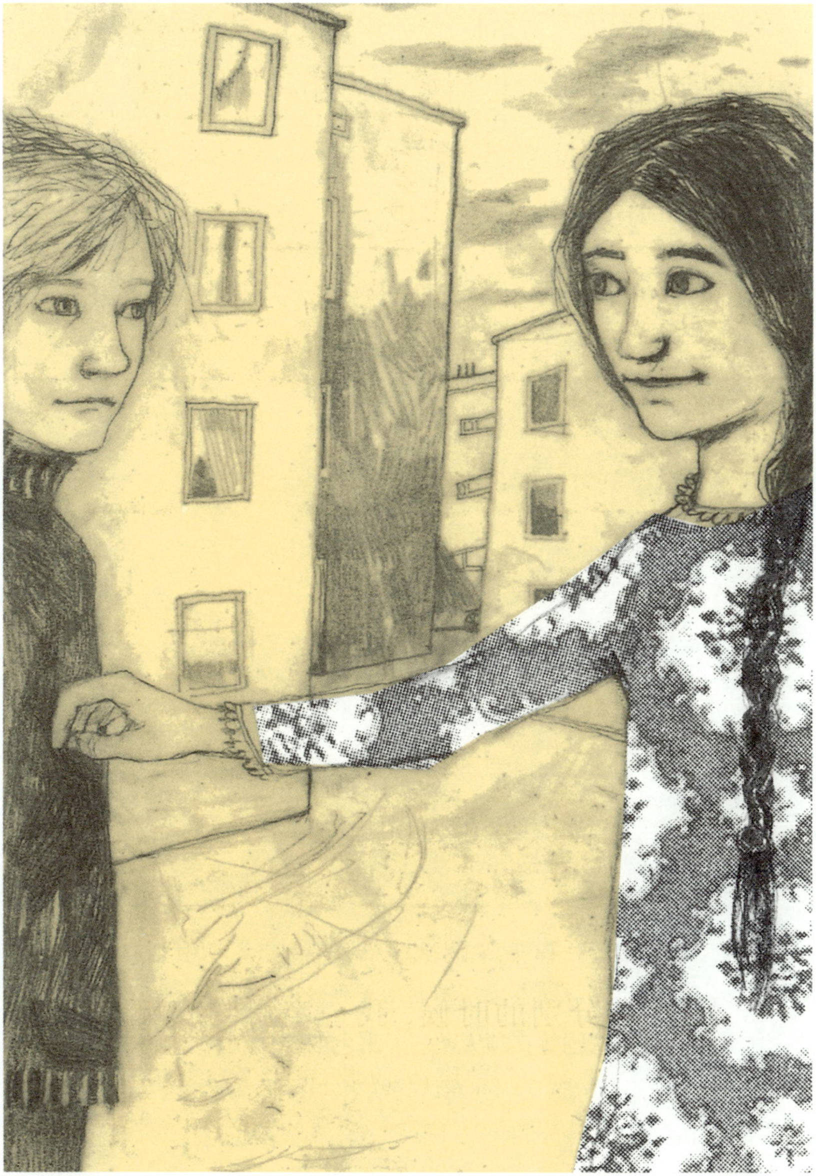

他朝她的背影看了一会儿,也转身狂奔起来。很多话在他的脑海里纠缠在一起:我爱安娜。安娜走了。我应该马上给安娜写信。安娜还会来我们家的。我真的好爱安娜。

他本来应该大哭一场的,可是他没有。

译者简介 程玮,江苏人。毕业于南京大学中文系。小说和编剧作品分获全国优秀儿童文学奖、电影金鸡奖和电视飞天奖最佳编剧等多项大奖。因出色的翻译获首届德译中童书翻译奖,并入选国际儿童读物联盟2016荣誉名单。

目　次

9　本的问题

　　　　　　　　　　安　　娜 16

25　为什么贝伦哈德的屁股会哭

　　　　　　　　　霍尔格告密 35

40　安娜的家

　　　　　　　　本给安娜写信 49

53　贝伦哈德替代安娜

　　　　　　　　　安娜的回信 63

71　本在约会前的准备工作

　　　　　　　　　安娜的小木屋 76

84　家里来了两位客人

　　　　　　　　　　在森林里 95

104　第二行字

　　　　　　　　本病了，安娜走了 111

图书在版编目（CIP）数据

本爱安娜 /（德）彼特·赫尔特林著；程玮译. -- 南昌：二十一世纪出版社集团，2017.8（2022.4重印）
（彩乌鸦系列10周年版）
ISBN 978-7-5568-2782-4

Ⅰ.①本… Ⅱ.①赫… ②程… Ⅲ.①儿童文学 – 中篇小说 – 德国 – 现代 Ⅳ.①I516.84

中国版本图书馆CIP数据核字（2017）第130932号

© 1979 Beltz & Gelberg
in der Verlagsgruppe Beltz.Weinheim Basel

版权合同登记号　14-2002-434

本爱安娜 /［德］彼特·赫尔特林 著；程 玮 译

责任编辑	彭学军 魏钢强 孙睿旼 刘晨露子
装帧设计	魏钢强
出版发行	二十一世纪出版社集团（江西省南昌市子安路75号　330009）www.21cccc.com　cc21@163.net
出 版 人	刘凯军
经　　销	新华书店
印　　刷	江西千叶彩印有限公司
版　　次	2002年8月第1版　2012年5月第2版　2017年8月第3版
印　　次	2022年4月第9（总57）次印刷
印　　数	65,001—70,000册
开　　本	889mm×1300mm　1/32
印　　张	3.75
书　　号	ISBN 978-7-5568-2782-4
定　　价	22.00 元

（如发现印装质量问题，请寄本社发行部调换）